文庫

意地に候

酔いどれ小籐次（二）決定版

佐伯泰英

文藝春秋

目次

主な登場人物

赤目《あかめ》小《こ》籐次《とうじ》　元豊後森藩江戸下屋敷の厩番。藩主の恥辱を雪ぐため藩を辞し、大名四家の大名行列を襲って御鑓先を奪い取る騒ぎを起こす（御鑓拝借）。来島水軍流の達人にして、無類の酒好き

久留《くる》島《しま》通嘉《みちひろ》　豊後森藩藩主

おりょう　旗本水野監物の下屋敷奥女中

久慈屋昌右衛門　芝口橋北詰めに店を構える紙問屋の主

観右衛門　久慈屋の大番頭

秀次　南町奉行所の岡っ引き。難波橋の親分

勝五郎　新兵衛長屋に暮らす、小籐次の隣人。読売屋の下請け版木職人。女房はおきみ

うづ　平井村から舟で深川蛤町裏河岸に通う野菜売り

梅五郎　浅草寺御用達の畳職備前屋の親方

能見五郎兵衛　肥前小城藩剣術指南。御鑓拝借の騒動で、小籐次に斬られる

能見赤麻呂　能見五郎兵衛の遺児。離藩し一族十三人を率いる

能見十左衛門　赤麻呂の後見役

古田寿三郎　播磨赤穂藩藩士。お先頭。御鑓拝借騒動の鎮静化を図る

伊丹唐之丞　肥前小城藩江戸屋敷中小姓

黒崎小弥太　讃岐丸亀藩道中目付支配下

村瀬朝吉郎　豊後臼杵藩上屋敷用人見習

姉川右門　肥前佐賀藩江戸屋敷御頭人

本書は『酔いどれ小籐次留書　意地に候』（二〇〇四年八月　幻冬舎文庫刊）に
著者が加筆修正を施した「決定版」です。

DTP制作・ジェイ エスキューブ

意地に候

酔いどれ小籐次㈡決定版

第一章　四人の刺客

一

　じりじりと江戸の町を照らし付ける陽光は、天変地異を想起させるほど激しく、眩《まぶ》しかった。

　芝口新町の堀から饐《す》えた異臭が辺《あた》りに漂うのは水が干上がったせいだ。水位はいつもの半分しかない。わずかに溜まり残った水面にはぷくぷくと泡が浮き上がり、その傍らで魚が白い腹を見せて死んでいた。

「暑いぜ、なんて暑さだよ。おっ母、井戸端で手拭《てぬぐい》を濡らしてこい」

　薄い壁を通して居職《いじよく》の勝五郎の声が響いた。

　勝五郎は表通りの読売屋の下職で版木職人だ。浮世絵など腕の要《い》る彫師ではない。読売屋がもたらす版下文字を一気に桜材に裏字で彫り付ける。まあ、それが技といえば技だ。

文化十四年（一八一七）夏の昼下がり、赤目《あかめ》小籐次《ことうじ》は先ほどから何日も続く猛暑の変化を茹《う》だるような長屋で感じ取っていた。

「出かけるか」

破れ放題の菅笠を被《かぶ》り、脇差を単衣《ひとえ》の下に穿《は》いた裁《た》っ付《つ》け袴《ばかま》の腰に差し、備中《びっちゅうの》国次直《くにつぐなお》が鍛造した豪刀二尺一寸三分を手にした。

刀の定寸は刃渡り二尺三寸といわれる。だが、小籐次が次直を手にすると異様に長く感じられる。それは小籐次が五尺一寸（一五三センチ）の矮軀《わいく》ゆえだ。

土間に下りた小籐次は冷や飯草履《ぞうり》を突っかけた。次直を脇差の傍らに差し、予《かね》てから用意していた布包みを手に持った。

包みには鉈《なた》と小刀が入っていた。さらに縄を肩から斜めにかけた。

半ば開いていた障子を開くと、井戸端で勝五郎の女房のおきみが手拭を桶《おけ》に浸していた。

「あっちっち、井戸の水が湯になっているよ」

新兵衛長屋の井戸は、むろん掘抜井戸ではない。樋《とい》で上水が流れてくる溜め井戸だ。その井戸の水が湯になっているというのだ。

小籐次は菅笠を手で上げて西空を見た。

この数日、雲一片も見られなかった西空にかすかに渦巻く雨雲が姿を見せていた。

風向きもこれまでと微妙に変わっていた。

「おきみどの、今日までの辛抱じゃぞ。夜半には雨が降ろう」

「爺様浪人さんよ、いい加減なことは言うでないよ。このぎんぎらぎんのお天道《てんとう》を見てみなよ。湯屋なんざあ、釜に火を入れる要もないやね。湯船の上の天井を打ち破ればよ、勝手に水が湯に煮立つ寸法だ」

苛々《いらいら》していたおきみが小籐次に突っかかるように言った。

小籐次はそれには逆らわず布包みを懐《ふところ》に入れ、

「出て参る」

とだれにともなく呟《つぶや》き、長屋の木戸を潜《くぐ》った。

木戸外の路地のわずかな日陰を辿《たど》って芝口橋際に出た。

通りは五街道の一、東海道である。

日差しが強いせいで白々しく見える町並みには人の往来は少なかった。橋際の日陰では辻駕籠《つじかご》の駕籠かき二人と野良犬が、陰を奪い合うようにして昼寝をしていた。

駕籠かきの日に焼けた顔に汗が流れて、蠅《はえ》が羽音を響かせて飛んでいたが、起きる気配もない。

小籐次は東海道を品川宿へと向った。

破れ笠の間から容赦のない光が小籐次の顔を照らし付けた。白いものが混じった無精髭《ぶしょうひげ》の顎《あご》を引き、すいすいと歩く。

道の両側は旅の道具を売る店が多い。だが、どこもがこの暑さに開店休業の様子で、日頃は口煩《くちうるさ》い番頭も帳場格子の中で居眠りしていた。

小籐次が増上寺門前を過ぎ、金杉橋を渡ると潮の香が道に漂っていた。

東側は品川の海だ。俗にいう江戸前の海だ。

道は入間川に架かる芝橋で西へと方向を転じた。すると、小籐次の正面から強い日差しが照りつけた。それでも小籐次の歩みは緩むことはない。

家並みの間に海を見ながら品川の大木戸口まで来た小籐次は、その手前で伊皿子《いさらご》坂へと折れた。

海際の街道から高輪台へ上がる坂道を歩みを緩めることなく上がり切った小籐次は、肥後《ひご》熊本藩の中屋敷前を抜けて、寺町の間を通り、芝二本榎《にほんえのき》を右に曲がった。

そこで小籐次の歩みが緩やかになった。

大和横丁と呼ばれる屋敷町の路地の左手に、旗本五千七百石、水野監物《けんもつ》の下屋敷があった。

五十路《いそじ》を迎えようとする小籐次の胸が高鳴った。

(この塀の中におりょう様がいる)

十五、六年前、肌が透き通ったように白い顔の娘に出会った。それが水野家の奥女中奉公に就いたばかりのおりょうであった。

以来、一年に一度か二度おりょうの姿を見かけることがあった。

なにか二人の間にあったわけではない。

おりょうは小籐次の胸の中に住む想い女《おもびと》だ。それだけで小籐次は満足してきた。

水野家の門前に差し掛かった。

小籐次の視線は開け放たれた門内にいくことはない。さらに塀に沿って進むと奥向きの門が見えた。

小籐次の胸がさらに高鳴った。

大身《たいしん》旗本家では表と奥の区別が厳然としていた。

おりょうが出入りするとしたら、こちらの門だ。だが、奥向きの門はきっちりと閉じられていた。

がっかりした小籐次の足が再び速くなった。

道は播磨《はりま》小野藩一万石の下屋敷にぶつかった。

小籐次の足は左へと向かった。

自然と菅笠の縁が上がり、小籐次は今里村の一角を占める豊後《ぶんご》森藩一万二千五百石の下屋敷を確かめた。

赤目家が何代にもわたり、奉公してきた屋敷だ。

小籐次はそれをこの春先に辞していた。

三両一人扶持《ぶち》の軽輩身分が嫌になったわけではない。藩主久留島通嘉《くるしまみちひろ》の無念を雪《すす》ぐために禄を離れたのだ。

もはや縁なき屋敷だが、物心ついて以来過ごした土地、懐かしくもあった。

だが、小籐次は懐古の情で今里村を訪ねたわけではなかった。

今里村の竹林に用事があったのだ。

森藩下屋敷では苦しい内証を補うために、用人以下十数人の奉公人が夏冬を問わず、虫籠《むしかご》や団扇《うちわ》作りの内職に励んできた。

その材料となる竹は今里村の入会地の竹藪《たけやぶ》で調達された。

道の西側に竹藪が現れた。

そのせいで西に大きく傾いた光が竹藪越しに差してきた。

小籐次は竹藪の斜面に這《は》い上がると竹の幹を調べて回り、数本を選んだ。

懐に差し込んだ布包みを取り出すと、鉈を手にした。

鉈の刃が陽光に煌《きらめ》いた。

朝方、研いだばかりの刃だ。

小籐次は竹が倒れる方向を計算して鉈を翳《かざ》すと、径三寸余の竹の根元を斜めに打った。

さほどの手応えもなく竹が斜めに斬り割られた。

竹がしなるとゆっくりと斜面の下に向って倒れていった。

小籐次は五本の竹を切り倒すとそれらの枝を払い、三尺ほどに切り分け、十五本ほどを持参した縄で縛った。

幼い頃からやってきた手馴れた作業だ。

竹束はかなりの嵩《かさ》になった。

それを五尺余の矮軀がひょいと肩に担いで両腕で背負った。

「よし」

独りごちた小籐次は、日が翳《かげ》った今里村の道へと竹藪を下り始めた。

道まで半町と迫ったとき、豊後森藩の方角から女乗り物がやってくるのが見えた。

どこぞのお屋敷の奥方が寺参りにでも行った帰り道といった趣だ。まだ灯りを点《とも》すには早い刻限だが、先導する中間《ちゅうげん》の手にはすでに提灯《ちょうちん》があった。乗り物の周りに若党二人とお女中数人を従えた一行である。

小籐次は乗り物をやり過ごそうとして立ち止まり、提灯の家紋が旗本水野家の沢瀉《おもだか》であることに気づいた。

(おりょう様がおられるか)

薄闇に目を凝《こ》らしたが、お付の女中は二十歳前後の若い二人だった。

一行の前に五、六人の影が立った。

提灯持ちの中間の足が止まり、

「恐れ入ります。道をお空け下さい」

と頼んだ。すると、浪々の旅暮らしが体に染み付いた風《ふう》の男たちが、

「道を空けてほしくば、それなりの礼儀があろう」

と註文をつけた。

「礼儀とはなんでございますな」

「知れたこと、駕籠の御仁《ごじん》が挨拶《あいさつ》なさることだ」

「それはできませぬ」

と断わる中間の肩を一人の巨漢浪人が突き飛ばした。

乗り物の脇を固めていた若党が刀の柄《つか》に手をかけて浪人たちの前に出た。

「そなた方こそ礼儀を心得られよ」

「おもしろい、相手をするというか」

二人が睨《にら》み合ったとき、乗り物から声がした。

「岡崎どの、私が頭を下げれば済むことなれば、容易《たやす》い御用にございます」

振り返った若党が、

「なりませぬ、おりょう様。こやつら、最初から強請《ゆす》りたかりの魂胆《こんたん》なのです」

と叫んだ。

「おのれ、武士に向って強請りたかりと申したな」

岡崎と呼ばれた若党の胸倉を摑《つか》んだ巨漢が、いとも簡単に道下に投げ飛ばした。

「乱暴はおやめなされ」

乗り物からおりょうが姿を見せた。

「ほう、そなたが駕籠の主か。非礼を詫びる代わりにわれらと付き合え」

さらに無理難題が吹きかけられた。

「寺参りの代参の帰路、それはなりませぬ。その代わり、この頭を下げますによって許して下され」

野良犬に構ってもと覚悟をしたおりょうが言った。

「ならぬ。われらが住まいも近くにある。そこまで女三人を連れて参る」

浪人たちが乗り物を囲んだ。

おりょうが胸の懐剣に手をかけた。

「お待ち下され」

小籐次が背の竹を下ろしながら言いかけた。

「なんだ、そのほう」

「通りがかりと言いたいが、そこの竹林にな、内職の材を貰《もら》いにいった者だ」

夕闇を透かしていた巨漢が、

「武士の格好はしておるが爺《じじい》ではないか。年寄りに用はない。怪我をせぬうちに去《い》ね」

と命じた。

小籐次は道に上がった。

巨漢より一尺以上も小さかった。

「そなたら、身過ぎ世過ぎに悪さを重ねながら生きて参ったか」

「爺、言わしておけば」

「爺にも名はある」

「ならば名乗れ。墓が名無しでは未練が残ろう」

「赤目小籐次。戒名が要るのはそなたの方だ」

巨漢の太い手が小籐次の菅笠を被った顔をいきなり殴りつけた。それを、ひょいと避けた小籐次が、手首を逆手に取ると同時に股間を蹴《け》り上げつつ、捻《ひね》り上げた。

げえぇっ

六尺二寸余の巨体が叫びながら虚空《こくう》に舞うと、道下に投げ捨てられた。

「やりおったな」

仲間五人が剣を抜いた。

「生かしておいても世のためにならぬ者どもかな」

小籐次が半円に囲もうとする五人の前に進みつつ、

「おりょう様、怪我をしてもつまらぬ。早々に立ち退《の》きなされ」

立ち竦《すく》む水野家の一行に向って声をかけた。

突然名を呼ばれたおりょうは、驚きの視線を改めて小さな武士に向けた。

(知り合いであったか)

五人の浪人の一人が八双《はっそう》の剣を振り下ろしながら小籐次に迫った。

小籐次は、襲撃者の左手に滑るように踏み込みながら、次直の鞘《さや》に手をかけ、抜き打った。

神速の剣が相手の脇腹を抜くと、小籐次の体はさらに左手の朋輩《ほうばい》へ移動していた。

矮軀が右に走り、左へ方向を変え、次直が前後に円弧を描き、切っ先が後方に突き出された数瞬後、竹藪脇の道に呻《うめ》き苦しむ浪人たちが倒れ伏していた。

「命に別状はない。だが、早々にお医師の下に治療に参らぬと取り返しの付かぬことに相なるぞ、去ね」

小籐次の言葉に浪人たちが気絶した巨漢を抱えて、互いに助け合いながらほうほうの体《てい》でその場から立ち去った。

「さて済んだ」

小籐次は投げ下ろした竹を再び背に負うと、

「闇が濃くなり申す。お屋敷へ急ぎなされ」

と未だその場に立ち竦むおりょうの一行に言いかけた。

「さらばにござる」

小籐次が行きかけるとおりょうが、

「お待ち下され」

と声をかけ、小籐次の前に立ち塞《ふさ》がった。

「危うき処《ところ》、お助け頂きお礼の言葉もございませぬ」

小籐次はおりょうの顔を三尺の間合いで初めて見た。

おりょうの体から芳《かぐわ》しい香の匂いがした。

「もしや、そなた様は豊後森藩の赤目小籐次様ではございませぬか」

今度は小籐次が驚く番だ。

「なぜそれがしのことを」

「赤目様、そなた様は武士の鑑《かがみ》。久留島通嘉様の無念を晴らさんと大名四家を相手に孤軍奮闘なされて、勝ちをおさめられたこと、江戸じゅうの者が承知にございます」

「いきがかりにござる」

小籐次は赤面を闇が隠してくれたであろうかと心配した。

「ささっ、早く乗り物に戻られよ。あの者どもが戻ってこぬとも限らぬ。それがし、お屋敷前まで同道いたす」

おりょうが頷《うなず》き、行列が整え直された。だが、おりょうは乗り物に乗ろうとはせず、一行を先行させせた。

「赤目様」

と先導する小籐次を呼んだ。

二人は肩を並べて今里村の道を進むことになった。

「なぜ赤目様はおりょうの名を知っておられたのですか」

小籐次は返事に窮した。

「正直にお答え下され」

おりょうが返事を迫った。

「そ、それがし、そなた様が水野様のお屋敷にご奉公なされた日に偶然お見かけしておる」

「なんと十六のおりょうをご存じなのでございますか」

小籐次はただ首肯した。

「以来、十五年が過ぎました。十五年ぶりの再会にございますか」

「いや、一年に一度か二度、そなた様が御用に出られるとき、お見掛けしてきた」

「おりょうは少しも存じませんでした」

「あいや、おりょう様、と申してそれがし、よからぬ考えはござらぬ」

小籐次は口ごもりながらも言い訳した。

「さようなことは少しも考えておりませぬ」

と微笑《ほほえ》んだおりょうが、

「赤目様は豊後森藩をお辞めになられた後、どちらにお住まいにございますか」

「芝口新町の新兵衛長屋に住んでおります。背の竹は明日からの暮らしのための材料にござる」

「ただ今の赤目小籐次様なれば、旗本家も大名家も競って高禄でお召抱えになりましょうに」

「奉公は一家と決めてござる」

「赤目様らしいお答えにございます」

おりょうが答えたとき、先行する一行は水野屋敷の奥向きの門前に到着していた。

「おりょう様、お健《すこ》やかに」

「赤目様も」

頷いた小籐次はその場におりょうを残して行きかけて、足を止め、

「おりょう様、そなた様の為ならば赤目小籐次の命いつなん時なりともお捨て申す。まさかの場合はお知らせあれ」

と早口で囁《ささや》いた。

二

その夜半から雨が降り出した。

板屋根をぽつりぽつりと雨が叩き出し、それが激しい雨音へと変わった。

急に長屋に籠《こも》っていた熱気が消え、篠突《しのつ》く雨の間から涼風が生まれて、長屋じゅうに歓声が湧いた。

開け放たれた戸や格子窓を閉じる音がして、勝五郎の家から、

「おっ母、雨漏りがしてきたぜ、桶をもってこい」

という声が聞こえた。

新兵衛長屋の裏手の堀がぼこぼこと音をさせて天からの恵みの雨を飲み込んでいたが、そのうちに赤坂溜池から繋《つな》がる御堀に向って滔々《とうとう》と流れ出した気配だ。さらに雨水は築地川から内海（江戸湾）へと流れていく。

小籐次は夜具の上で寝返りを打った。涼気に体の火照《ほて》りと汗が引いていき、寝苦しくて得られなかった眠りがやってきた。

翌朝、堀の水面を見ると石垣の縁まで水位がきていた。それでもなんとか長屋の敷地に浸水しないのは、海に近く流れていく先があるからだ。

小籐次は夜具を片付け、九尺二間の畳の間に筵《むしろ》を敷いた。作業場というわけだ。

「さてやるか」

独りごちた小籐次は今里村の竹藪から切ってきた竹を鋸《のこぎり》で適当な長さに挽《ひ》き切り、鉈で割って同じ竹片に揃えていった。

そんな作業を何日も続けた。

最初、雨に歓喜した長屋の住人も、

「ああ、今日も雨かえ」

「おまえさん、米櫃《こめびつ》の底が見えるよ」

と夫婦で交わす嘆きの声が聞こえてきた。というのも新兵衛長屋の住人は居職の勝五郎の他は左官、大工、棒手振《ぼてふ》りと外仕事の者ばかりで、

「出職《でしょく》殺すにゃあ刃物は要らぬ。雨の三日も降ればいい」

という手合いだ。

勝五郎も一日目二日目と版木屋から版下が届かなかったが、三日目の朝に番頭が、

「勝五郎さん、急ぎ仕事だよ」

と版下を届けてきた様子で、桜材を削る鑿《のみ》の音が勢いよくしてきた。

小籐次もその音を聞きながら、幸せな気分で竹を割っていった。

おりょう様と話ができたのだ。それればかりか、おりょう様は赤目小籐次を承知していたのだ。だが、最後の言葉は余計だったなと後悔も生まれていた。

小籐次は若い頃から矮軀容貌魁偉《かいい》に悩まされてきた。その劣等感に女性《にょしょう》と口を

利いたこともなかった。時に品川宿の飯盛女《めしもり》と抱き合ったことがあっても、心が通ったものではなかった。

　その小籐次もはや五十路に手が届くところに差し掛かり、さらに老けた。

　生涯独り身の覚悟はできていた。それが偶然にもおりょうに出会い、興奮のあまり、あのような言葉を残してきた。

（おりょう様は蔑《さげす》まれたであろうな）

　先ほどまで高揚していた小籐次の胸の中に急に冷え冷えとした風が吹いた。

　だが、よい。おれは決めた。

（この命、おりょう様の為に投げ出す）

　それが赤目小籐次の生き甲斐だと心に決めた。

　雨は四日五晩降り続き、五日目の夜明けに止《や》んだ。

　小籐次は厠《かわや》に行ったついでに堀を見にいった。水面にはどこから流れてきたか塵芥《ちりあくた》やら汚穢《おわい》やらが重なり合って浮かんでいた。

「浪人さん、おまえさんの言うことが当たったはいいが、降り過ぎだよ」

　と背で声がした。

　振り向くとおきみがじとついた夜具を両手に抱えていた。

「勝五郎どのは夜明け前まで精を出されていたようだな」

「急ぎ仕事を今朝方までやっていたよ。私がこれから版木を届けにいくのさ」

仕事を終えた勝五郎は、ぐったりと眠り込んでいるといった。

「浪人さんも内職を始めたかい」

「遊んでいても食えぬからな」

長屋の持ち主は紙問屋の久慈屋《くじや》昌右衛門《まさえもん》で、小籐次は未だ店賃《たなちん》を大家の新兵衛に支払っていない。昌右衛門から新兵衛は、

「赤目様は一家の命の恩人、店賃など受け取るのではありませんぞ」

と厳命されていたからだ。

その上、久慈屋から数日置きに米味噌醬油酒などが届けられた。

だが、いつまでも久慈屋の好意に甘えているわけにはいかなかった。

木戸口では久しぶりに男たちが仕事に出て行く姿が見られた。それを見送るおかみさん方の顔にもほっと安堵《あんど》の表情が見えた。

力強い朝の光が浜御殿の方角から昇り、じっとりと雨を含んでいた長屋の板屋根に当たると、そのうち屋根から湯気が立ち上り始めた。

小籐次は昨日の残り飯を湯漬けにすると、沢庵を菜にして掻きこんだ。

腹は満たされた。

小籐次の部屋は新兵衛長屋のどんづまり、そのせいで表戸の他に堀に向ったほうに格子窓が切られていた。

その窓を開けると、雨が止み流れの勢いが緩まって、塵芥の間に開いた水面にきらきらと朝日が光って反射していた。

風が格子窓から入り込んで表口に抜けた。

小籐次は部屋の隅に敷いていた夜具を片付け、作業場の筵を巻くと溜まっていた竹屑をきれいに掃き集め、長屋の塵溜《ごみた》めに捨てた。改めて筵を敷き直すと見違えるように仕事場がすっきりとした。

井戸端で桶に水を汲《く》み入れ、それを部屋に運び込んできた。

砥石《といし》を三つ並べて桶の配置を決めた。

砥石は下地研ぎの粗砥、中砥と仕上げの砥石の三つだ。

小籐次は竹細工に使う小刀や鉈を手元に並べ、小刀から研ぎ始めた。

小籐次は下級武士の父から、奉公を失敗《しくじ》って屋敷を放り出されても糊口《ここう》を凌《しの》げるようにと、刀研ぎを伝授されていた。だが、文化の御世《みよ》、刀研ぎで飯が食えるわけもない。

半刻（約一時間）かけて道具を研ぎ上げると砥石と桶を片付け、鋸と鉈で切り揃えていた竹片を運んできた。

戸口に向って胡坐《あぐら》をかいた小籐次は小刀を使い、竹片の左右を均等にひねりを考えながら削り始めた。

その作業は昼まで続いた。

昼餉《ひるげ》はどうするかと思案したとき、おきみが、

「蒸《ふ》かし芋を食うかい」

と薩摩芋を差し入れてくれた。

「竹なんぞで、なにをしようというのだね」

山積みされた竹片を呆《あき》れたように見たおきみが目を丸くした。

「そのうち分ろう」

「手付きは悪くないよ」

とさすがに版木職人の女房だ、見るところは見ていた。

芋を昼餉の代わりに食した小籐次は再び手を動かし始めた。

長屋の路地の表面が乾いた時分、どぶ板を踏む足音がして、

「ごめんなさいよ」

と戸口に立った人影があった。

小籐次が顔を上げると、この長屋の持ち主の久慈屋昌右衛門だ。背後には荷を担がせた小僧を伴っていた。

「赤目様、なにを始められましたな」

「これはこれは、久慈屋どの」

と前掛けの竹屑をはたいた小籐次は、

「いつまでも久慈屋どのに甘えておるのも心苦しいでな。なんぞ仕事を始めようかと仕度を始めたところです」

「竹細工でも売られるのですか」

昌右衛門がさらに高くなった山積みの竹片に目をやった。

「ああ、これは引き物にござる」

「引き物ですと」

「親を釣るには、まず子供に興を抱かせる」

と答えた小籐次は立ち上がり、部屋の奥からいくつかの竹細工を手にしてきた。

それは竹とんぼ、竹の風車、鳴子、竹笛などだった。

竹とんぼを手にした昌右衛門が、

「なんとなんと、これは玄人《くろうと》はだしにございますぞ。これならば売れましょう」

と即座に応じ、

「引き物と申されましたな、お売りにならないので」

と念を押した。

「奉公をしておる折、虫籠やら団扇やらを作ることが内職仕事にございましたで、竹の扱いには慣れております。しかし、このようなものは小名の下屋敷、御家人の内職にございますゆえ、そちらの畑を荒らしてもなりませぬ。亡父が武士の心得にと刀の研ぎを教えてくれましたでな、研ぎ仕事を始めようかと考えておるのでござる」

「刀を研ぎに出される方は少のうございましょう」

「いえ、刀研ぎを始めようというのではござらぬ。長屋長屋を回り、おかみさん方に菜切り包丁の研ぎを願おうかと思いましてな」

「で、この竹細工が引き物ですか」

「親を引き寄せるために子供の気を引こうという姑息な算段にござる」

小籐次が苦笑いをし、昌右衛門が、

「なんとも迂遠《うえん》な商いを考え出されましたな」

と首を捻った。そして、小僧を呼ぶと背に負った米塩などが入った風呂敷包みを下ろさせ、竈《かまど》の前に置かせ、

「国三、先にお店に帰っていなされ」

と小僧を帰した。

「久慈屋どの、相すまぬことにござる」

小籐次が頭を下げるのを余所《よそ》に、昌右衛門は上がり框《がまち》に腰を下ろした。どうやら話があって訪れたようだ。

「久慈屋どの、なんぞそれがしに御用でござるか」

「いえ、うちのことではございませぬ。赤目様のことにございますよ」

「それがしのこと」

小籐次が首を傾《かし》げた。

「久慈屋は紙問屋としてあちらこちらのお屋敷にも出入りを許されております。そんなところからちらと聞き捨てならぬ話が伝わって参りましたのです」

「なんにございましょう」

「赤目様が旧主久留島通嘉様のご無念を晴らさんと戦われた相手に、肥前小城《おぎ》藩七万三千石の鍋島家がございましたな」

小籐次は黙って頷く。

通嘉の無念とは実に他愛《たわい》のない弁当の取り違えが発端で、

「豊後森藩には城もない」

という大名同士の角《つの》の突合せであった。

通嘉を嘲笑したのは丸亀藩、赤穂藩、臼杵《うすき》藩、そして、小城藩四家の殿様であった。

小籐次は通嘉の口からこの経緯《いきさつ》を知り、参勤下番《かばん》途中の四家の行列を次々に襲って、各家の威勢の象徴ともいえる毛鑓《けやり》を奪いとり、通嘉に謝罪せずば江戸の日本橋の高札場《こうさつば》に晒《さら》すと通告した。

御鑓を御城近くの高札場に晒されては面目丸潰れだ。

四家は久留島通嘉に丁重に謝罪して御鑓は返却され、騒ぎは収束した。

「赤目様は小城藩の剣術指南、能見五郎兵衛様と因縁がございますか」

小籐次は首肯すると言った。

「能見どのは武門の意地が立たぬとそれがしに尋常の勝負を挑まれ、それがしが勝ちを得た経緯がござる」

それが一連の騒ぎの最後の戦いであった。

「それで分りました」

と昌右衛門が納得したように返答した。

「能見家では騒ぎの後、小城藩の禄を離れられたそうな」

「なんとのう」

小籐次の知らぬところで悲劇が起こっていた。

「五郎兵衛様の嫡男《ちやくなん》赤麻呂様を総大将に押したて、なんとしても赤目小籐次様を討ち取ると一族の方々が江戸入りなさるとか」

小籐次は首を横に振った。

騒ぎは幕を下ろしたかに見えたが、小籐次は父の仇《かたき》と付け狙われることになった。

「赤目様、ほとぼりが冷めるまで旅をなされませ。路用の金子《きんす》はこの久慈屋が都合致します」

しばし沈思した小籐次が口を開いた。

「久慈屋どののご親切、なんと礼を申してよいやら言葉に窮する。じゃが、久慈屋どの、逃げ回ったところで物事の解決がつくとも思えぬ。またそれがし、江戸しか知らぬ人間にござれば、ご府内で今後も暮らそうかと思っております」

「そう返答なさるとは思っておりました」

「だが、久慈屋どのに迷惑がかかってもならぬ。直《ただ》ちにこのお長屋から退転致す」

「それはなりませぬ」

昌右衛門が厳しく応じた。

「私がこの事をお伝えに上がったのは、なにも赤目様をうちの長屋から追い立てる為ではございませぬ。命の恩人にそのような仕打ちをしたとあっては世間の物笑い、紙問屋の看板を下ろすことになります」

「それは困った」

「赤目様、当分研ぎ仕事は先延ばしになされませ」

「久慈屋どの、一生このお長屋に籠りっきりもなりますまい。市中に出て、人込みに身をおくほうが騒ぎは起こりますまい。なにしろ騒ぎが再燃すればお困りになるのは小城藩の鍋島家にござる」

「それはそのとおりにございますが」

と応じた昌右衛門が、

「とは申せ、研ぎの道具を担いで、引き物の竹細工を子供に配って商いをされるのはちと身動きが悪うございますな。なんとか一工夫なさいませんと」

確かに重い砥石や桶や竹細工を担いで襲われては身動きがとれない。

「まあなんとか工夫致す」

「私もなんぞ手立てを考えますでな。身辺にはくれぐれも気を付けて下さりませ」

と言い残して久慈屋昌右衛門が長屋から引き上げていった。

小籐次はしばらく考えに沈んだ。

昌右衛門がもたらした情報は曖昧《あいまい》としていた。

勝負に勝つには相手の動きを摑む必要があった。

一つ考えられる方策は小城藩江戸屋敷の中小姓の伊丹唐之丞《いたみとうのじよう》と会い、話を聞くことだ。先の御鑓拝借騒動が収束を見たとき、四家の若い家臣たちが動いて、小籐次から御鑓を返却させた経緯があった。

その折、小城藩鍋島家を代表して抜擢《ばつてき》されたのが若い伊丹唐之丞であった。

小籐次は再び小刀を手に取り、無意識の裡《うち》に竹片を削っていた。そうしながら頭を働かせていた。

お家の面目を赤目小籐次一人に潰された鍋島家の家臣が素直に会ってくれるで

あろうか。

その見極めが大事だった。

伊丹に会う前に、赤穂藩森家のお先頭古田寿三郎に会うべきではないか。

小籐次が赤穂藩の御鑓先を拝借したのは酒匂川《さかわがわ》であった。

強奪された御鑓を奪取せんと小籐次を追い回したのが古田寿三郎だ。だが、古田は小籐次が容易ならぬ相手と承知した瞬間から、小籐次の行動に理解を示して、率先して和解に動いた人物であった。

(やはり伊丹の前に古田に会うのが先決だ)

と考えを固めた小籐次だが、竹片を削る手を休めなかった。

夕暮れがいつしか迫っていた。

堀に小舟の櫓《ろ》の音がした。それが石垣に舫《もや》われた気配で、小籐次は立ち上がった。

「赤目様」

と呼ぶ声は久慈屋の手代の浩介《こうすけ》だ。

路地に出ると堀から浩介の顔だけが覗《のぞ》き、ひょいっと長屋の敷地に飛び上がってきた。

箱根で昌右衛門らが危難に遭ったとき、供をしていた手代で小籐次とは顔見知りの仲だ。

「浩介どの、どうなされた」

浩介はこちらへというように手招きした。

堀には二間半ほどの小舟が舫われていた。

猪牙舟《ちょきぶね》よりもだいぶ小ぶりの舟だ。

「これはうちの品を届ける舟にございますが、旦那様がこれを赤目様にお使い頂くようにと申されました」

「それがしに」

「研ぎ仕事は重い道具もございましょう。舟ならば研ぎの道具を積んでどちらへでも仕事に行けます。なにしろ江戸は水の都にございますから、およそのところには堀が走っております」

「それは助かるが商いに差し支えはせぬか」

「久慈屋は何十艘《そう》もの荷足り舟や猪牙舟を所有しております。旦那様はこの舟を、研ぎ仕事に使い易《やす》いように自在に手を加えてよいと申されました。早く言えばもはや赤目様の舟にございます」

そう言った浩介は木戸口から芝口橋の店に戻っていった。

三

再び暑さが江戸の町に戻ってきた。

先日の大雨で大川をはじめ、府内に張り巡らされた御堀や運河は川底まで洗われて、さっぱりとした水を豊かに湛《たた》え、水面を吹き渡る風も肌に爽やかであった。町じゅうを釜に変えていた炎熱が去ったせいで淀んだ温気《うんき》も消え、鬱々《うつうつ》とした気の滅入りや苛々した貧乏までどこかへ運び去った感じだった。

継ぎだらけの作業衣の腰に脇差だけを差した小籐次は、尾張中納言家の蔵屋敷と浜御殿の間を流れる築地川から内海に抜け出た。

破れた菅笠が頭を強い日差しから守っていた。

刻限は五つ（午前八時）の頃合、すでに陽は空高くあった。

小籐次は座って漕《こ》げるように工夫された櫓を操りながら、小舟の舳先《へさき》を大川河口へと向けた。

江戸の海も夏の気配で、白い雲の散る青い空を穏やかに映した濃青色だ。

小籐次は大名家の蔵屋敷や下屋敷に沿って、小舟を鉄砲洲《てっぽうず》と佃島《つくだじま》の間へとゆっくりと進めた。

久慈屋が貸し与えてくれた小舟は、長さ二間半余、幅は真ん中で四尺余り大きく膨らんだ形だ。お得意先の屋敷や店に届ける紙束を積んで小回りが利いて重宝されていたのだろう。

海に乗り出すには頼りないものだった。

小籐次は膨らんだ舟の中央部に小判型の桶を固定させ、何種類かの砥石を並べ、さらに艫《とも》に近い部分に研ぎの席を設けた。

座りながら櫓を漕ぐ船尾に六尺ほどの高さの柱を立て、小さな三角帆が張れるようにした。その帆は傾きと張り具合では雨避《あめよ》けや日除《ひよ》けにもなるように工夫がなされていた。帆柱は必要なきときは倒せるようにも工夫した。

舟の舳先には大型の風車が立てられ、風を受けてくるくると回っていた。

研ぎ屋の看板が竹で作った風車だった。

佃島通いの渡し舟が鉄砲洲に向って小籐次の小舟の前方を横切っていく。

渡し客の他に馬が乗っているのが見えた。

小籐次が奉公していた豊後森藩は伊予《いよ》の海に活躍した来島《くるしま》水軍の末裔《まつえい》だ。だが、関ヶ原の合戦で西軍側に与《くみ》して敗軍となった。

廃絶を覚悟した来島一族の才と力を不憫《ふびん》に思った福島正則《まさのり》の取り成しで、なんとか家の存続は認められた。

だが、故郷の海を捨てて、豊後の山奥へと移封されていた。

来島一族の末裔たる久留島家には水軍の血が脈々と受け継がれてきた。

江戸の下屋敷で育った小籐次は父から船戦《ふないくさ》の戦い方から櫓と竿の扱いまで教え込まれた。なにより小籐次の五体に叩き込まれた来島水軍流という実戦剣法は、不安定な船上での戦いを想定して独創されたものだった。

小籐次は長さ二間半の小舟に身を託して水上を行くとき、先祖の血が蘇《よみがえ》るのを感じた。

大川の河口付近から永代橋《えいたいばし》にかけて、荷足り船やら猪牙舟やら屋根船やら材木を組んだ筏《いかだ》やらが忙《せわ》しげに往来していた。

日本橋川の方角から戻ってくるのは江戸前の魚を魚河岸《うおがし》に卸《おろ》した漁師船だ。

小籐次は破れ笠の縁を上げて、小舟を大川左岸へと向けた。

中ほどに出ると波に煽《あお》られて小舟が揺れたが、舟の中に水が入ってくるようなことはなかった。

小籐次は越中島《えっちゅうじま》の先の運河へと小舟を乗り入れた。

永代寺門前から富岡八幡宮《とみがおかはちまんぐう》の社地にかけて料理屋、茶屋、煮売り酒屋などが軒を連ねていた。その周辺には裏長屋が多くあって、普段の営みを続けていた。

小籐次はまず深川近辺の裏長屋に馴染《なじ》みをつくろうと舟を向けたのだ。

運河に架かる武家方一手橋を潜ると、勘を頼りに北側の堀へと曲がった。

この界隈《かいわい》は深川中島町、大島町、さらには蛤町《はまぐりちょう》が続く。

小籐次はまず蛤町の裏河岸から運河に向って橋板が長く突き出しただけの船着場に小舟を舫った。小舟をしっかりと止めなければ、研ぎ仕事に力が入らない。

そんなことを考えながら、小舟の船縁《ふなべり》に竿を差して止めた。

櫓を上げて、仕事の場所へと移り、小判型の桶に運河の水を汲んだ。さらに粗砥石、中砥石、仕上げ砥石と並べ、少し前屈みになるように席を調節した。右足は船底の梁《はり》にかけられるようにしてある。力を溜めるためだ。

研ぎ仕事の仕度を終えた小籐次は船縁に風車と竹とんぼを並べ立て、子供の注意を引くようにした。

舳先の大きな風車と一緒になって小さな風車が一斉に回り始め、つられて竹とんぼまでくるくると回った。

小籐次は竹笛を咥《くわ》えて、
ひゅるひゅる
と夏空に向って吹いた。
だが、どこからもなんの反響もなかった。
小籐次は気長に笛を吹き、客を待った。
半刻、一刻と我慢したが、だれも姿を見せなかった。
川面が揺れた。
小舟が現れた。
菅笠を被り、顔を手拭で半ば覆った姉様が漕ぐ舟は野菜を積んで商う百姓舟だ。
いつもそこへ舟を舫うとみえて、先客の小籐次に驚いた様子で櫓を止めた。
「ここはそなたの定席かな」
小籐次の問いかけにこっくりと頷いた娘が風車を見て、
「まあ」
と驚きの声を上げた。
「お侍さんは子供相手のがちゃがちゃ舟なの」
がちゃがちゃ舟とは駄菓子、玩具《おもちゃ》を舟に積み、竹で作ったがちゃがちゃを手でくるくる回しながら、子供を集めては商う小舟だ。

「これは引き物でな。研ぎが本業だ」

小籐次は斜めの台に固定した砥石を叩いた。

「それでこの船着場に神輿《みこし》を据えているの」

娘が小籐次の反対側に器用に舟を止めると笑った。

「姉様はいつもこの刻限、こちらに舟を止められるのか」

「そうよ。葛飾郡の平井村からくるの」

「それがし、赤目小籐次と申して本日商いを始めた新参者だ。以後、入魂《じっこん》に願いたい」

「私はうづというの、よろしくね」

うづは手早く野菜を並べると舟から船着場に上がり、蛤町に響き渡るような声で、

「瑞々《みずみず》しい野菜、野菜舟がただ今参りましたよ！」

と叫んだ。

「生みたての鶏卵もございますよ！」

すると、どこからともなくおかみさん連が顔を出した。中には子供を背におぶ

ったり、手を引いたりしているものもいた。

「おうづちゃん、今日の葉ものはなんだい」

「おばさん、夏だからね、葉っぱものはすくないの。大根の葉っぱが生き生きしているわ。油揚げと煮るとおいしいわよ」

野菜舟に三人、四人と長屋の住人たちが集まってきた。

野菜を買った女の一人が、

「さっきから、ぴいぴいぴい、と笛を鳴らしているのはおまえ様かい」

と小籐次を見た。

「おかつさん、このお侍さんは新米の研ぎ屋さんなの。なにかあったら頼んであげて」

「刃物研ぎかい、長屋はどこも馴染みがいるからね」

おかつが素っ気なく言った。

「おかつさん、おまえ様の倅《せがれ》どのにほれ、この風車を進呈しよう」

小籐次は風に回る風車を一本抜くとおかつに差し出した。

「えっ、これはただかい」

「初対面の挨拶代わりにござる」

「ならば私にも頂戴《ちょうだい》な」

「こっちもだよ」

三人の女たちが風車や竹とんぼを勝手に抜いた。

「なんでもよい、研ぎ賃は安くするでお願い申す」

小籐次は頭を下げた。

「安くするっていくらなの」

おかつが問う。

小籐次は答えに窮した。

「菜切り包丁はいくらよ」

「さて、まだ値を決めておらぬ」

「呆れたよ、この研ぎ屋は」

女たちは野菜と風車を持って河岸へと上がっていった。

「お侍さん、行商は最初が肝心よ。お客さんを大切にするのも大事だけど甘えさせてはいけないわ」

うんうんと小籐次は頷いた。

「いい、これからは長屋の姉様株のおかみさんを見つけて、挨拶代わりに風車をおいてくることね。そのとき、研ぎ屋だって宣伝することを忘れないでね。お侍さんの作る風車は立派だもの。きっと他のおかみさん連が風車欲しさに包丁を持って仕事を頼みに来るわ」

「相分った」

「それに研ぎ賃を決めなきゃあ。これもね、あまり安くてもいけないし、かといって高くてもいけない。お侍さん、腕はどう」

うづが聞いた。

「うづどの、そなたの足元の菜切り包丁はだいぶ手入れがされておらぬな。貸してくれぬか」

うづが所々刃の欠けた菜切り包丁を差し出した。

小籐次は指先で刃を確かめていたが、桶に浸していた粗砥石を膝《ひざ》前に固定させ、ゆっくりと研ぎ始めた。

刀の研ぎを父親から叩き込まれた小籐次だ。菜切り包丁の刃を粗砥石で揃え、中砥石で磨き、仕上げ砥石で切れを出すなど朝飯前だ。

その四半刻《しはんとき》（約三十分）の間にうづは河岸に上がって、

「平井村から百姓舟が着きました！」

と叫び、

「本日は格別に新参の研ぎ屋さんを伴っての商いにございますよ。切れの悪くなった出刃包丁、菜切り包丁を本日は格別の一丁四十文で致しますよ」

と勝手に値を決め、小籐次の商いまで披露してくれた。

小籐次がうづの菜切りを研ぎ上げたとき、新たに五、六人の女たちが姿を見せて、野菜を買うついでに小籐次の仕事ぶりを見た。

「おばさん、うちの菜切りがこんなに生まれ変わったわ。これで四十文よ。それにほれ、風車の引き物がつくの」

小籐次から菜切り包丁を受け取ったうづが夏大根の首をすっぱりと切って、

「驚いた、私、ほんとに驚いたわ。うちのなまくら包丁がこんなに切れるようになったのよ」

と本心から驚いた。

「どれどれ」

おばさんと呼ばれたおかみさんが菜切りを取り、自分が買った野菜の端を切って、

「こりゃあ、確かに腕がいいよ」

と感心した。そして、

「おきくさん、おまえさん、出刃包丁を持ってきたんだろ。頼みな頼みな」

と仕切って見せた。まだ若いおきくが小籐次に出刃包丁を差し出して、小籐次は初めての仕事にありついた。

昼前まで蛤町の裏河岸にうづと頑張って、二本の菜切りと一本の出刃包丁を研ぎ上げた。

「お侍さん、うちの研ぎ賃」

と四十文を差し出すうづに、

「うづどの、商いのいろはを教えてくれたそなたから研ぎ料が受け取れるものか」

と断わった。

「そんな」

と遠慮したうづが、

「お侍さんはこれからどうするの」

「どこぞに場所を移してみようかと思う」

「ならば私と門前町に行かない。料理屋さんに出入りが利くようになるのは並大抵ではないかもしれないけど、お客についてくれたら、仕事はぐーんと増えるわ」

「それはなによりな話だが、迷惑ではないか」

「商いは一人でやるより大勢のほうが賑やかでいいわ」

二人は蛤町の裏河岸から永代寺と富岡八幡宮の門前、料理茶屋の並ぶ門前仲町の船着場に移動した。

うづは背負《しょ》い籠《かご》に野菜を入れて、料理屋を回るという。

「お侍さんも私に付いてきて」

小籐次は引き物の風車、竹とんぼ、竹笛を抱えてうづに従った。

富岡八幡宮の別当は真言宗の、大栄山金剛神院永代寺である。『江戸名所記』によれば、慶安五年（一六五二）の夏、弘法大師の霊示あるにより、

「高野山両門主、碩学《せきがく》そのほか東国一派の衲僧《のつそう》、この永代嶋に集会《しゆうえ》せしめ、一夏《いちげ》九旬《くじゆん》のあいだ法談あり。別《べち》に、高祖（弘法）大師の影堂を建て、真言三密の秘賾《ひさく》を講ず。それよりこのかた、神前に竜燈をあぐる事あり」

と縁起が記されている。

江戸幕府開闢《かいびやく》百年を過ぎて後、富岡八幡宮は船参りのできる信仰の地として

人気を得、その門前には料理茶屋、煮売り酒場、旅籠《はたご》などが軒を連ねて賑わった。うづはお得意先の料理茶屋の裏口から台所に入り、昨日のうちに註文を受けていた野菜類を届けて回った。

その折、女将《おかみ》さんやら料理人に小籐次の研ぎを推奨してくれ、顔つなぎしてくれた。

小籐次はただ頭を下げて、引き物の風車やら竹とんぼを配って回った。

「うづさんよ、料理人は自分の刃物くらい研がなきゃあ、一人前じゃねえや。まあ、料理屋で研ぎを頼むところは半端な店だ。研ぎ代だってとりはぐれるぜ」

「板前さん、このお侍の研ぎは格別です。一度、仕事具合を見て下さいな」

うづは根気よく小籐次の宣伝に努めてくれた。

娘の得意先の十数軒の料理屋はどこも刃物の研ぎを頼もうとはしなかった。

だが、うづは、

「お侍さん、ここで諦めては駄目よ、註文がなくても明日から毎日顔出しするの。先方が刺身包丁一本でも頼めば、腕が確かなことが直《す》ぐに分るもの。仕事はいくらもくるわ」

「うづどの、そなたに会わねば、それがし一日で商いを捨てていたかも知れぬ。

真《まこと》にありがたいことであった」

二人が二艘の舟を舫った船着場に戻ると、門前町の裏長屋に住むおかみさん連がうづの野菜を求めて待っていた。

「待った、ごめんなさいね。待った分、安くするから」

うづは残った野菜を最後の客たちにてきぱきと売り捌《さば》いた。そうしながらも小籐次の仕事をおかみさん連に宣伝してくれた。

客が散ってうづの野菜舟が空《から》になったのは、八つ半（午後三時）を過ぎていただろう。

「お侍さん、余り稼ぎにならなかったわねえ」

「なんのなんの、最初から客がつくとは考えてもござらぬ。三人も註文を受けて、自信が付いた。これも偏《ひとえ》にうづどののお陰だ」

と小籐次が頭を下げた。

うづが菅笠を脱ぎ、頭に被っていた手拭を取って首筋の汗を拭いながら、

「辛抱よ、商いは諦めたら駄目なの」

と諭《さと》してくれた。

うづは十八、九歳か。小籐次が考えていたよりもずっと若く、色白の愛らしい

娘だった。

小籐次は、

「なんの礼もできぬ。この引き物を持っていってくれ」

と風車、竹とんぼ、竹笛を渡した。

うづはありがとうと礼を言いながら、風車を野菜舟の舳先に立てた。すると川風を受けてくるくると回った。

船着場に三人の男たちが立った。

うづの顔がはっとして恐怖に歪んだ。

「親分が今日はどうしてもおめえと直々《じきじき》に話があるとよ」

声をかけた男は痩身《そうしん》に青白い顔をしていた。残りの二人は相撲取りのように大きな体格だ。どうみても堅気の男たちではなかった。

「平井村に戻ります」

うづが竿を握った。

その舟の舳先を男の片足が押さえた。片手は懐手だ。

「深川界隈で商いをするなら、門前の萱造《かやぞう》親分に仁義を切るのが筋というもんだぜ」

「おっ母《か》さんの代からの舟商い、そんな話は聞いたこともありません」

うづが泣き声で抗弁した。

「おめえの器量だ。野菜なんぞ売って一文二文とはした金を稼ぐこともあるまい。面白おかしく楽して金を稼げる見世《みせ》を紹介しようという寅岩の親分の親切を無にするもんじゃねえな」

細身が顎をしゃくった。すると二人の弟分が野菜舟からうづを引っ張り上げようと、船着場をのしのしと歩いてきた。

「嫌です！」

うづが叫んだが、一人の男が強引に野菜舟に飛び降りようとした。

「待て、無《む》体《たい》をするでない」

小籐次が叫んだ。

「爺さん、怪我をする。早々に舟を出しねえ」

細身が懐手のままに言いかけた。

「止めておけ、怪我をするのはその方らだ」

「なんだと！」

うづの舟に飛び降りようとした巨漢が小籐次の舟に向きを変えた。

その瞬間、座ったままの小籐次の手が竿を摑み、巨漢の鳩尾《みぞおち》に先端を突き入れた。

ぐうっ

と奇妙な声を上げた大男が、両足を虚空に持ち上げて水面に背から落下していった。

「やりやがったな!」

もう一人の弟分が長脇差を引き抜いて船着場を突進してきた。

その胸に竿が突かれた。

今度も後ろ向きに堀に落下して派手な水飛沫《みずしぶき》を上げた。

「そなた、どうするな」

双眸《そうぼう》がきりきりと尖《とが》った兄貴分に、小籐次が竿の先を突き出しながら話しかけた。

「さんぴん、深川で研ぎ屋などできねえようにしてやるぜ」

捨て台詞《ぜりふ》を残した兄貴分は、水に落ちた弟分二人をそのままに賑やかな門前町へと姿を消した。

「うづどの、そこまで送ろう」

口も利けないうづに言いかけると、百姓舟の舫い綱を解いた。

四

その翌朝、同じ刻限に蛤町裏河岸に舟を止めた小籐次は、町内の長屋を回って歩き、研ぎ屋の披露目《ひろめ》をして、風車や竹とんぼを姉さん株のかみさんに配った。

むろん、研ぎに出してくれた人には引き物を必ず出すことも忘れずに付け加えた。

一刻半ほど宣伝に努め、竹笛をひゅるひゅると吹きながら、小舟に戻ってきたが、うづの百姓舟は姿を見せていなかった。

昨日、怖い目に遭ったばかりだ。娘ひとりを行商に出すことを家人が躊躇《ちゅうちょ》したか、うづ自身が嫌がったせいだろう。あるいは商いの場所を変えたかと思ったが、長年の得意先をそう簡単に手放す筈《はず》はない。やはり昨日の騒ぎが原因だと思い直した。

昨日、小籐次は小名木川《おなぎ》まで送っていった。

舳先を並べ、運河をいく間に、細身の男が門前町界隈に縄張りを広げる寅岩の萱造一家の兄貴分で専太郎といい、最初にうづの器量に目を付けたのは萱造だったということをぼそりぼそりと話してくれた。

二人はうづを萱造一家が営む櫓下《やぐらした》の女郎屋の稼ぎ頭にと目をつけて、なんとか身売りさせようとしつこく絡んでくるのだという。

小籐次に一緒に商いをと、親切に誘いかけた背景にはこの一件があったからのようだと推測された。

「うづどの、仔細《しさい》は分った。明日からそなたが深川で商いする間は、それがしが付き添っていよう。なあにそなたに商いの手解《てほど》きを受けた礼だ」

萱造一家に一切手出しをさせぬと言い聞かせたが、うづは姿を見せなかった。うづの新鮮な野菜や卵を目当てに裏河岸の船着場に降りてきたかみさん連が、

「なんだ、おうづちゃんは休みかい」

とがっくりして、小籐次と顔を見合わせ、

「研ぎ屋じゃあ、腹の足しにはならないものね」

と呟いた。

「おかみさん、腹の足しにはならぬが、包丁が切れると気持ちもすっきり致すぞ。ただ今は顔見世の時節、安く致すでよろしく頼む」

「あいよ、考えておきましょう」

気のない返事だ。

小籐次は小鉈で竹を割り、小刀で削って風車や竹とんぼを作りながら客を待った。

ゆるゆると時が過ぎ、日差しが強くなって蛤町の堀の水がきらきらと輝いた。

朝方、お披露目に回った一軒の長屋のかみさんが子供の手を引き、菜切りを二本持ってきた。昼近くのことだ。

「研ぎ屋の浪人さん、この菜切り、棒手振りの亭主の商売道具だ、研いでみてくんな。亭主が気に入らないようなら、この界隈では仕事はできないよ」

「承知した」

小籐次はかみさんが連れてきた五歳ほどの娘に竹笛と風車を渡すと、まず一本の菜切り包丁の研ぎにかかった。

だいぶ手入れを怠っていたとみえて、刃は欠け、錆《さび》が浮いていた。

娘が竹笛をひゅるひゅると吹く中を小籐次は一心不乱に二本の菜切りの錆を落とし、欠けた刃を研ぎで埋め、中砥から仕上げの砥石をかけた。ついでに緩んでいた柄の止め具をしっかりと締め直した。

「よし、これでよい」

と小籐次が独りごちたとき、

「なにっ、商売道具をよく知りもしねえ研ぎ屋に出したって！」

という怒鳴り声がして、継ぎの当たった股引《ももひき》に腹掛け姿の男が河岸に姿を見せた。どうやら一商売して長屋に帰ってきたところらしい。

菅笠を被った顔が汗だらけだ。

「おまえさん、そういうけどさ、仕事っぷりを見てごらんな」

船着場に下りてきた棒手振りの亭主が、小籐次の差し出す一本の菜切り包丁を取ると、
おや
という顔をした。

研ぎ上げられたばかりの刃物を光に翳し、指先で刃先を調べた亭主が、

「浪人さん、おめえさん、刀研ぎをしなさるか」

と聞いた。

「亡き父に食いっぱぐれがないようにと刀の研ぎを叩き込まれた。この時節、刀研ぎでは註文がないでな、この商いを始めたところだ」

「おっ母、研ぎ賃はいくらだ」

亭主が女房に確かめ、

「一本四十文と聞いたけど」

「驚いたぜ。この研ぎは四十文の仕事じゃねえ」

亭主は腹掛けから銭の百文差しを一本出すと、

「釣りはいらねえ」

と大きな声で叫んだ。

「光《みつ》さん、仕事っぷりは確かかい」

別のかみさんが河岸から聞いた。

「この棒手振りの光五郎が胸を叩く仕事だ。研ぎが並みじゃねえぜ」

「ならば、うちでも切れない出刃を研いでもらうかねえ」

光五郎の一声で女たちがうちもうちもと長屋に戻り、包丁を持ってきた。

小籐次は昼餉も忘れて、頼まれた包丁を研ぎ上げた。

その後も風車を目当てに、あるいは光五郎の宣伝が効いたか、ぽつぽつと註文が届き、研ぎ上げた包丁を長屋に届け終えたときには八つ半（午後三時）に近かった。

引き物の風車や竹とんぼも、小舟の舳先に看板代わりに付けた大風車を残してなくなった。

それもこれもうづと光五郎のおかげであった。

小籐次は蛤町から富岡八幡宮の船着場に小舟を回し、うづの得意先の料理茶屋を回って歩いた。

「浪人さんよ、野菜舟のおうづはどうした」

「おうづちゃんは今日休みなの」

と次々にうづの様子を聞かれたが、研ぎの註文はさすがになかった。だが、門前町でも老舗《しにせ》の料理茶屋・歌仙楼の女将のおさきから、

「研ぎ屋さん、明日の昼前においでな。うちの人に頼んであげるから」

という言葉を貰った。

「女将さん、ありがとうござる。引き物は切らしたゆえ、明日にお届けする」

「ちょいとお待ちな」

と行きかけた小籐次を引き止めた女将が、台所から茶碗を運んできた。

汗みどろの小籐次に水を恵んでくれたかと、

「これは造作をかける」

と言いながら両手で茶碗を受け取ると、

ぷうん

と酒の香りがした。

「これは」

「おや、酒は嫌いかえ」

「いや、これで奉公先の屋敷を失敗ったほど大好物にござる」

「浪人さん、失敗るほど飲んじゃいけないよ」

「まったく女将さんのいうとおりにござる。頂戴致す」

小籐次は両手で持った茶碗を口に付けるとゆっくり飲み干した。

「女将さん、馳走にござった」

「いい飲みっぷりだ。失敗ったというのが今の飲み方で分るよ。明日、待っているからね」

小籐次は上機嫌で風車の舞う小舟に戻った。

小舟で芝口新町を目指しながら大川を渡った。

夕風で大川河口から内海の入り口は白波が立っていたが、小籐次は喜色に溢《あふ》れていた。

この日、光五郎の二本を皮切りに十一本の包丁を研いでいた。

銭で四百六十文の稼ぎだ。長屋の店賃を支払い、食べるだけならなんとかいけそうだ。

そんな自信が小籐次の心を明るくしていた。

ただ一つの気がかりはうづのことだ。

(恐怖心が癒えるまで何日かかかろう)

そんなことを考えながら築地川に舟を入れた。

波が消えた。

町中の火照りを冷ますように、川面から風が吹き上げていた。

夕暮れになって蚊が出てくる時分だ。どこの長屋でも杉の葉を燃やして蚊遣《や》りにしていた。そんな煙が棚引いていた。

飯は残り飯があったはずだ。

菜をどうしたものかと考えながら、新兵衛長屋の裏手の石垣に小舟を舫い、商売道具を長屋の裏庭に抱え上げた。そして、小籐次も這い上がった。

版木職人の勝五郎が井戸端に立っていて、

「今、帰りかえ、浪人さん」

と声をかけ、

「商いになったかえ」

「十一本の註文を頂いた」

「どうりでおまえ様の顔が綻《ほころ》んでいらあ。仕事は確かなんだ、手さえ抜かなければおいおい客はつくさ」

「そうであればよいがのう」

亭主と小籐次の会話を耳にした女房のおきみが顔を出し、

「浪人さん、久慈屋の手代さんが昼過ぎに顔を出してさ、暇のときに店を訪ねてくれとさ」

「なにっ、久慈屋どのがな」

刻限は暮れ六つ（午後六時）過ぎか。

まだ店は開いているかもしれぬと考えた小籐次は商売道具を長屋に運び込み、手拭を持って井戸端にいった。すでに勝五郎の姿はなかった。

手桶に水を汲み、上半身肌脱ぎになって汗塗《まみ》れの体を拭いた。水で拭った肌に堀からの風があたって気持ちがいい。最後に汚れた水で足を洗って長屋に戻った。

仕事着を脱ぎ捨て、単衣に帯を締めた。

大小を差し込むと屋敷奉公の時代に戻った気がした。

だが、一瞬だけだ。

もはや小籐次が忠誠を誓うべき殿様はいない。

おのれ独りの力で市井《しせい》に暮らしていかねばならないのだ。

新兵衛長屋から芝口橋北詰めの久慈屋まではすぐそこだ。

昌右衛門の好意で家作の長屋に住み始めた小籐次は、久慈屋がどこにあるか承知していた。だが、まだ店を訪ねたことはなかった。

小籐次は出雲町角の久慈屋の前に立って驚いた。間口は十六、七間だが、奥行きが深かった。紙を納めた蔵が外からでも三棟は見えた。

金看板には陸奥《むつ》仙台藩松平様御用と書かれたのをはじめ、出入りを許された大名諸家の名がずらずらといくつも掛かっていた。豊後森藩のような小名は一つもない。

小僧たちが店前の掃き掃除を始めたところを見ると、そろそろ店仕舞いのようだ。

「御免下され」

小籐次の訪《おとな》いの声に帳場格子の中の大番頭が、

（おや、場違いな）

という顔を上げた。店の一角から、

「赤目様、ようこそいらっしゃいました」

と手代の浩介が声をかけ、

「大番頭様、赤目小籐次様にございますよ」

と大番頭の観右衛門《かんえもん》に紹介した。

「おおっ、赤目様にございましたか、お見それ致しました。箱根では主一家の危難をお助け頂きまして、なんともお礼の言葉もございませぬ」

「それがしの方こそ、久慈屋どのに世話になって恐縮至極にござる。お使いが見えたとか、なんぞ御用であろうか」

「本日は主の昌右衛門は寄り合いで他出しておりますが」

と大番頭が手代を見た。

「大番頭様、内儀様の用です。赤目様が研ぎ仕事を始められたとお聞きになり、ならばうちの台所の包丁をお願いしましょうと申されて、私が御用のついでに新兵衛長屋に立ち寄ったのでございます」

「そうでしたか。ならば浩介、台所にご案内を」

と言いかけた観右衛門が、

「台所ばかりではありませんな、うちでは仕事で小刀から鋏《はさみ》まで使います。赤目様、旦那様と相談しますので、日を決めて店に仕事をしにおいでなされ。なあに、店と台所を合わせれば、刃物の四、五十挺《ちょう》はすぐに集まりますぞ」

と思いがけない申し出をした。

「こちらの刃物なれば、お長屋に世話になったお礼にござる。いつでもお申し付け下され。無料で研ぎます」

「それでは商いになりませぬよ」

と観右衛門が笑った。

浩介に案内されて台所に行くと、住み込みで暮らす大勢の奉公人の食事を賄う勝手は、広々とした板の間に土間があり、竈もいくつもあって、女衆が忙しげに夕餉の仕度に立ち働いていた。

「おまつどん、内儀様からお話のあった赤目様ですよ」

襷《たすき》がけで陣頭指揮する三十七、八歳の女中頭のおまつが、

「おや、おまえ様が西国の大名家をきりきり舞いさせたお武家様かい。えらく老けてござるな」

と田舎訛《なま》りでずけずけ言い、

「風呂敷に十五、六挺の包丁を包んであるだ。二、三日内になんとかしてくんろ」

と言った。

店から知らせがいったか、内儀のお楽と娘のおやえが台所に顔を見せた。女衆がさあっと緊張した。普段、台所に姿を見せない奥の二人が顔を出したのだ。

「赤目様、その節は私どもの危難をお助け頂きまして真にありがとうございました」

とお楽に丁重に挨拶された。

「お内儀さん、こちらこそ主どのに世話になっております。また本日、それがしのことを気にかけて下さり、恐縮至極にござる」

「赤目様、夕餉なりとも食していって頂きたいのですが、生憎《あいにく》と主が不在にございます」

「お内儀さん、それがし、この包丁を受け取れば御用は済んでござる。どうかお気を使わないで下され」

小籐次の返答にお楽がおまつに命じて、重箱に夕餉の菜を急いで詰めさせた。

焼き魚や煮物など奥向きの菜のようだった。

「おまえ様は独り身かねえ。重箱はこの次に来たときでいいだよ」

「真にありがとうござる」

小籐次は深々と腰を折って風呂敷に包まれた重箱を頂いた。

包丁の包みと二つになったものを提げ、お楽、おやえ、おまつや台所の女衆に見送られて、小籐次は裏口から久慈屋を出た。

出たところでふうっと息をついた。

豊後森家の上屋敷の厨房よりもはるかに活気のある台所に、思わず気圧《けお》されて緊張したのだ。

だが、落ち着いてみると、

(今晩のおかずもできた)

と一安心した。

小籐次が久慈屋の裏口から表通りに回ると店はすでに表戸を下ろしていた。

包みを両手に提げるとかなりの重さだ。

芝口橋を再び渡り、御堀に沿って芝口新町へと下った。

東海道から一本折れただけで人の往来は消えて、日中の暑さの名残《なごり》が河岸に漂っていた。

小籐次は、ふとだれぞに監視されているようだと思った。

さほど遅い刻限ではない。まだどこの町家も起きている頃合だ。

御堀から新兵衛長屋の方角へと掘り抜かれた幅二間の堀沿いに曲がった。さらに闇が濃くなり、監視の目に前後を挟まれた。明らかに殺気を感じ取れる目だった。

小籐次は堀端に寄って前後を確かめた。

「なんぞ御用か」

答えはなかった。だが、闇がゆれた。

前後に二人ずつ、姿を見せた。

浪々の者ではなかった。

屋敷奉公と思える羽織袴に一文字笠を被っていた。道中嚢《ぶくろ》を負っていれば旅人と感じさせるほど、五体に旅塵《りょじん》が感じ取れた。

「それがし、赤目小籐次と申す。そなたらに襲われる覚えはない」

無言の裡に間合いが詰められた。

小籐次は重箱と包丁の包みを堀端の地面においた。

堀に背を向けた格好で前後を固めていた四人が半円に囲んだ。

遠く御堀の常夜灯の灯りが流れてくるばかりで、相手の人相風体は見分けられなかった。だが、若い者の挙動のように思えて、軽やかだ。

小籐次と四人の間合いは一間半だ。

四人が無言のままに剣を抜いた。

小籐次も、

「お相手致す」

と応えると備中国次直を抜いた。

一対四の戦いの間合いがじりじりと狭《せば》まり、空気が濃密に膨れ上がって爆発しようとした、その瞬間、

「留公よ、どこの飲み屋に馴染みができたって」

という声が芝口新町の奥から響いて、数人連れの職人たちが姿を見せ、戦いの光景に立ち竦んだ。

「な、なんだ」

という声に襲撃者の一団が顔を見合わせ、さあっと表通りへと走り去った。

職人たちの中から、

「おや、研ぎ屋の旦那じゃないか」

と阪木職人の勝五郎の声がした。

「勝五郎どの、助かったぞ」

小籐次はそう答えると、次直をゆっくりと鞘に納めた。

第二章　夏の雪

一

夜明け前、新兵衛長屋の裏手の河岸に繋いだ小舟に飛び乗り、御堀へと漕ぎ出した。商いに出るには早い刻限だ。携《たずさ》えたのは次直と脇差のみ、御堀に出ると築地川へと向けた。

尾張中納言家蔵屋敷と浜御殿の間を流れる築地川の、浜御殿の石垣に寄った辺りで小舟を止めた。舫い綱を浜御殿から差しかけた老松の枝に軽く結び、腰の次直を抜くと小さな舟の中央に正座し、次直を傍らに置いた。

商いの道具は一切積んでいなかった。

長さ二間半の空間に座し、瞑想に入った。

川風がゆるく小籐次の頬をなぶっていく。

小舟が揺れる。

藪蚊が飛んできた。そんなことを意識したのはわずかな間だ。

無念無想に心を静めること四半刻、小籐次は不安定な小舟に片膝を立てた。

傍らの次直を引き寄せ、腰に戻す。

築地川の下流、江戸の海と合流する辺りの空が微光に彩られた。

夜明けは近い。

かすかな光の空を見据えた小籐次は、立て膝のままに次直の柄に手をかけ、また離した。

次の瞬間、小籐次の手が躍った。

夜明け前の薄闇に備中次直二尺一寸三分が抜き打たれ、大気を二つに水平に斬り裂いた。

小籐次の魂が乗り移ったかのように体の左から右の虚空に真一文字に翻った次直は、そのまま頭上に撥《は》ね上げられ、続いて刃が反転されると左斜め下に、右斜め下に、さらには真っ向に斬り下ろされ、手元に引き寄せられた次直の切っ先の峰に左手が添えられて、小籐次の背後へと突き伸ばされた。

流れるような動作の間、小舟はゆらりとも動かない。

気迫の籠った動きは、築地川の波の揺れに合わされているだけだ。

小籐次は立て膝のまま、来島水軍流正剣十手脇剣七手を繰り返した。

その動きには弛緩《しかん》も遅滞もなく、律動に満ちた刃には小籐次の気持ちが込められていた。

ふいに小籐次は立ち上がった。

だが、小舟はぐらりとも揺れなかった。

来島水軍流は元々船戦を想定して創案された剣技だ。

剣者の五体が動く度に船が不安定に揺れたのでは剣は遣えない。また船の揺れに剣者の体が動くようでは、これまた活きた剣は遣えない。

小籐次は亡父に船上での斬り合いを想定した技の遣い方を叩き込まれた。

それはどっしりと安定した腰の据わりと重心の移動にあった。

両足を開き、腰を落とした姿勢から流麗な剣技が繰り出され、それは次なる術へと繋げられた。

時に小籐次の体が虚空に舞い、反転すると小舟にふわりと着地して剣技を続けたが、築地川に舫われた小舟は着地の衝撃にも微動だにすることはなかった。

小籐次の稽古は一刻半（約三時間）ほど続き、動きを止めた。

再び正座して瞑想し、息を整え終えた小籐次は小舟の船縁から水面に手を伸ばして顔を洗った。

海水と淡水が混じりあった水はわずかに塩分を含んでいた。

その塩気が汗をかいた小籐次には甘く感じられた。

舫い綱を外し、長屋へと戻る。

昨夜、刺客に襲われたことが小籐次に緊張を取り戻させた。

久慈屋昌右衛門から、肥前小城藩の剣術指南だった能見五郎兵衛の一族が、

「武門の意地を貫く」

ために江戸入りしてくるという話があったばかりだ。

小籐次は四家の大名行列を独り襲って、御鑓先を奪い取り、久留島通嘉に謝罪なくば、御鑓先を江戸市中に晒すと通告した。

この騒ぎは四家の若い家臣たちが小籐次との交渉の前面に立って、解決を見ていた。

だが、解決を見たと思うのは小籐次だけで、一人の老武者にきりきり舞いさせられた丸亀藩、赤穂藩、臼杵藩、小城藩の大勢の家臣の中には、

「おのれ、小名の軽輩者が……」

と憤激している者がいるかもしれなかった。

むろん、能見一族の他のことだ。

通嘉の恥辱を雪ぐ戦いに勝利した小籐次だが、その戦いで新たな敵を生み出したともいえた。

それが小籐次を朝稽古へと駆り立てた理由だ。

小舟を新兵衛長屋の裏手の石垣にゆっくりと舫った小籐次は、井戸端に直行し、そこに置いてあった小判型の桶に水を張って長屋に運び込んだ。

長屋ではようやくおかみさん連が起きる刻限だ。

竈に火を入れた様子が窺《うかが》えた。

小籐次は土間に続く狭い板の間に桶を置き、砥石を並べた。

そうしておいて腰から大小を抜くと腰帯で襷をかけた。

昨日、久慈屋の台所から預かってきた包丁の包みを広げると、錆ついた菜切り、出刃、柳刃、小刃などが十五本出てきた。

小籐次はせめて半分でも研ぎ上げて、朝の間に久慈屋の台所に届けたいと考えていた。

小籐次は砥石の前に座すと、まず出刃を選んだ。

長屋の表口は東に向いていた。

腰高障子に朝の光が当たった。

障子越しの光に錆つき、刃の欠けた出刃を翳して、研ぎの箇所を確認すると桶に浸した。

長屋では亭主たちが起こされ、仕事の仕度を始めていた。

かみさん連が朝餉を用意し、出職の亭主たちに弁当をこさえて送り出す。いつもの暮らしの始まりだ。

その間も小籐次の長屋から律動的な研ぎの音が響いて、それは一刻半ばかり続いた。

一息入れた小籐次の前に、八本の研ぎ上がった包丁があった。

「よしと」

刻限は五つ半（午前九時）前か。

小籐次は研ぎ上がった八本を古布に包み、桶の汚れ水を井戸端に運んで流した。

おきみが、

「お侍、朝早くから仕事かえ」

「おきみどの、騒がせて相すまぬな。久慈屋どのから包丁を預かってきたで、少しでも早く届けようと汗をかいた」

「あのさ、おきみどのは止めてくれないかね、奥女中になった気分だよ」

と小籐次に願ったおきみが、

「物音はお互い様だね。仕事がもらえてなによりだ」

とそのことを喜んでくれた。

小籐次は小舟に商売道具と空の重箱と研ぎ上がった包丁の包みを積み込むと、井戸端で顔を洗った。濡れた手で頭髪を撫でつけながら、髪結いにもしばらく行ってないなと思った。

長屋に戻った小籐次は単衣の上に着古した袴を穿いた。

大小もその日は差した。

昨夜《ゆうべ》のこともあった。それと仕事帰りに訪ねたいところがあったからだ。

「おきみさん、行って参る」

隣に声をかけると、すでに仕事を始めていた勝五郎が版木を削りながら、

「稼いできなせえ」

と送り出した。

小舟に飛び乗った小籐次は外堀へと出て芝口橋まで漕ぎ上がり、久慈屋の船着場に止めた。

すでに久慈屋では荷積みが始まっていた。

手代の浩介が小籐次の姿を認めて、

「赤目様、おはようございます」

と挨拶を送ってきた。

浩介をはじめ、大勢の奉公人に挨拶を返した小籐次は、包丁の包みと空の重箱を持って河岸に上がり、久慈屋の裏戸から台所を訪ねた。すると、ちょうど女衆が朝餉を食べているところだった。

「おや、どうしなさった」

と女中頭のおまつが目敏《めざと》く小籐次を見つけた。

「昨日は助かった。どれも実によい味付けでござった」

「なに、重箱を返しにきたか。そう急ぐものでもねえよ」

「それと、半分ほど包丁を研いだで持参した」

「なんとまあ、昨日の今日ではねえか。だがよ、商売人はそれでなくちゃあならねえ。仕事は丁寧に早くが、客を摑むこつだ」

と言ったおまつは膳の前から立ち上がり、

「どりゃ」

と小籐次の差し出す古布包みを受け取り、その場で解《ほど》いた。どうやら点検する様子だ。

その一本、柳刃包丁を光に翳したおまつは黙って刃先を調べていたが、自分の鬢《びん》の乱れ毛を一本摘《つま》むとすうっと切った。

「こりゃ、驚いた。おまえ様は研ぎの名人だねえ。これほどの研ぎはそうそうねえよ」

さすがに女中頭を勤めるおまつだ。伊達《だて》に長いこと台所で飯は食っていない。包丁の研ぎ上がりの出来不出来くらい直ぐに見分けた。

「おまつ、当たり前のことですよ。赤目様は刀研ぎを親父様に仕込まれた御仁、台所で使う包丁くらいは朝飯前です」

大番頭の観右衛門が立っていた。

「なに、この侍は刀研ぎの腕を持っているだか」

「私も旦那様にお聞きして知ったのです。うちの刃物を研いでもらうのは勿体《もったい》ない腕前ですよ」

「それで納得しただ。大番頭さん、この柳刃を見てみろや。鬚《ひげ》でもあたれるほどだ」

「赤目様、店に回って下さいな。研ぎに出す仕事用の刃物を用意してございます」

「早速恐れ入る」

台所から店先へ回ろうとする小籐次に、

「お侍、握り飯を作っておくで、また台所に顔を出して下されや」

とおまつが言った。

小舟を内海に向けた小籐次の足元には何十挺もの鋏、小刀、小鉈などがあった。

観右衛門は、

「急ぎ仕事ではありません。暇の折に研いで下され」

と言って、昨日おまつが頼んだ台所の刃物の研ぎ賃を支払おうとした。

「大番頭どの、それは困る。それがし、久慈屋どのに世話になりこそすれ、なんのお返しもしておらぬ。台所や仕事で使う刃物の研ぎ料が受け取れようか」

「それは困りましたな」

と思案にくれた観右衛門が、

「まあ、大旦那様と相談して、なんぞ考えさせてもらいましょう」

ということで、その場は収まった。

小籐次は御堀を下りながら、おまつが持たせてくれた握り飯の竹皮包みを開けた。すると古漬が添えられた握り飯が四つも入っていた。

小籐次は片手で櫓を操りながら食した。

朝稽古をしたうえに研ぎ仕事もしていた。

腹はぺこぺこで、大きな握り飯を二つ食べ、残りは昼餉にとっておくことにした。

竹皮包みを元に戻した小籐次は立ち上がった。

小舟は内海に出たところだ。

大川に向って海っぺりを漕ぎ上がるのに立ち上がったのだ。

小籐次はその日も蛤町裏河岸に向うつもりでいた。

昨日、仕事を何本か請けたのだ。新たな町内を開拓したほうがいいに決まっていた。だが、うづのことが気になっていたからだ。

佃島を越えて、荷船の間を用心しながら大川河口を横切り、越中島の運河に小舟を入れた。

舳先で激しく舞っていた風車の回転が運河に入って緩やかになった。

蛤町の裏河岸の船着場に小舟を着けたが、うづの百姓舟の姿はなかった。

小籐次は小舟を舫うと、艫に立てた帆柱に帆を斜めに張って日除けにした。

そして、引き物の風車や竹笛を手に船着場に上がった。

うづを待つ間、まだ訪ねていない蛤町の裏長屋を披露目に歩こうと考えたのだ。

破れ笠を被った小籐次は、蛤町から中島町の表店から裏長屋を一軒一軒訪ねて歩き、船着場で研ぎ屋を開業していることを宣伝して歩いた。引き物の風車などは直ぐになくなったが、研ぎの註文は一本もなかった。

どこの長屋も出入りの研ぎ屋がいるのだ。そう簡単には仕事がとれるはずもない。

小舟に戻ってみたが、うづの百姓舟は相変わらず見えなかった。

小籐次は日除けの帆の角度を変えて張り直し、久慈屋から預かった仕事用の小刀や鉄の研ぎを始めた。

お天道様が高度を上げるにつれ、気温もぐんぐんと上がった。

小籐次は首にかけた手拭を堀の水で濡らして顔の汗を拭った。

昼の刻限までに観右衛門が渡してくれた刃物の半分の研ぎを終えていた。

「やっぱりおうづちゃんは休みかえ」

顔を上げるとおかつが立っていた。

「なにかあったかねえ」

おかつが案じるようにいった。

「おうづちゃんの青物はよその八百屋のものと水っけが違うのさ、それに甘いもの。なにかあったのかねえ」

「おかつどの、これまでかようなことはなかったか」

「おうづちゃんが休むのは、盆正月と節季くらいさ。きっと待っている人が大勢いるよ」

小籐次は富岡八幡宮の船着場であった騒ぎを話した。

「なんだって、寅岩の萱造一家がおうづちゃんにそんなことをしでかしたのかえ」

と小籐次を見たおかつが、

「それにしても、おまえさんが悪党どもを追い払ったというのかい、どうも信用ならないねえ」

と疑いの目を向けた。

「おかつどの、うづどのは平井村から来ると申されたが、家は承知か」

「わたしゃ、深川の長屋育ち。横川の東は行ったことがないよ」

おかつは妙な自慢をした。

小籐次は富岡八幡宮門前の船着場に小舟を移動させた。

萱造一家の若い衆と小競《こ ぜ》り合いをした船着場だ。

だが、こちらにもうづの姿はなかった。

「やはり来ておらぬか」

独り呟いた小籐次は、残った握り飯を食べて昼餉にした。

腹を満たした小籐次は桶の水を流れに捨てて、桶の中に砥石を入れた。

風車を一本耳にはさんだ小籐次は、門前町の老舗の料理茶屋、歌仙楼の裏口を訪ねた。

「女将さんはおられようか」

若い女中に尋ねると女は、

「女将さん、物売りが女将さんに用事だって」

と奥に向って叫んだ。

「物売りだって」

と顔出しした女将が、

「この娘《こ》は無作法だよ。このお武家さんはおうづちゃんが連れてきた研ぎ屋さんだよ」

と窘《たしな》めた。

「女将さん、他日は親切にして頂き、恐縮でござった。あの折、引き物を切らしておったゆえ、本日持って参った」

風車を渡すと女将が受け取り、

「これは、おまえ様の手作りかえ」

「さよう、少しでも研ぎ商いを知ってもらおうと作ってみた」

と答えた小籐次は、

「女将さん、本日は無料にて刃物を研がせて頂きたい。商売ものの大事な刃物でなくともよい、それがしに研がせて下され」

女将は小籐次の顔をしばらく見ていたが、

「板さん、切れなくなった包丁を持っておいでな」

と命じた。

小籐次は歌仙楼の裏口で桶に水を張り、出刃包丁を研いだ。それは料理人頭が、

「女将さん、刃物は料理人の命ですぜ。それを見ず知らずの研ぎ屋に出すなんて無茶だ」

と言いながらも差し出した一本だ。

四半刻後、裏口にまた女将が顔を出した。

「仕上がったかえ」

小籐次は桶の水で砥石の粉を洗い流すと手拭で拭いて柄を先にして返した。

女将が研ぎ具合を一目見て、

「板さん」

と板前を呼んだ。包丁を手にして確かめた料理人が小籐次の顔をちらりと見ると奥に消えた。

小籐次の耳に大根でも切る音が響いて、

「こりゃあ、本物だ」

という嘆声がした。

「見てごらん、私の目に狂いはないんだからね」

と今度は女将が応じて、

「お侍さん、うちの刃物はおまえさんに頼むよ」

と請け合った。

二

その帰り、小籐次の小舟は築地川を通り過ぎ、浜御殿の沖合いをさらに南へと回り込んだ。

播磨赤穂藩の上屋敷は神明町にあった。東海道を挟んで、三縁山増上寺のおよそ正面だ。

小籐次は小舟を赤穂藩と旗本屋敷が連なる屋敷町の間を掘り割られた狭い運河に入れた。大名屋敷諸家が荷を積み下ろすときに使うための堀である。その堀はちょうど赤穂藩の江戸屋敷の北西の角まで到達していた。

堀留に小舟を止めた小籐次は破れ笠を脱ぎ、衣服を改めて、道に上がった。

屋敷の表門は西に向って、まだ大戸が開かれていた。門番に、

「お先頭の古田寿三郎様がおられたら面会致したい」

と告げた。

「お手前は」

「赤目小籐次と申す」

「待たれい」

訝《いぶか》しそうに小籐次の風体を見た門番が、それでも玄関番の若侍に意を伝えにいった。

「赤目氏《うじ》か」

小籐次が、増上寺の森に傾いた西日を眺めていると背に気配がした。そして、という警戒とも懐かしさともつかぬ問いかけが背で聞こえた。

小籐次はゆっくりと振り向いた。

城中での藩主の些《さ》細《さい》な諍《いさか》いが因《もと》で小籐次と古田寿三郎は敵対する間柄になった。

二人には何の遺恨もなかった。

諍いの因を知った古田は他の三家の若い家臣たちと相携《あいたずさ》えて、紛争を和解に導いてくれた。その触れ合いを通して、二人の間にささやかな友好と信頼が生まれたことも確かだ。だが、互いの主家や主を思うとき、二人が懐旧の念だけで会うのはいささか憚《はばか》られた。

「古田どの」

古田はそれには答えず屋敷内を振り返った後、通りの西側の町家へと歩いていった。

屋敷前から引き離そうとする意図を感じた小籐次は黙って従った。

神明町の向こうからは東海道の賑わいが伝わってきた。

「お手前のご迷惑は重々承知しておる。じゃが、新たな願い事がござってな」

小籐次は古田の背に言いかけた。

「そなた様とはいささか風変わりの縁ながら、一期《いちご》一会《いちえ》の関わりと承知しておったが」

古田は振り向きもせずに応じた。

「いかにも」

そこで古田寿三郎が振り返った。

親子ほどの年の差のように見えるのは二人の年齢が二十歳近く離れていることと小籐次の老け顔によった。

「それがし、昨夜、四人の刺客に襲われてござる」

古田の顔に驚きが走り、

「それで」

と問い返した。

「刺客の正体がだれか存ぜぬ。一言も言葉を発しないゆえな」

「斬られたか」

「いや、運のよいことに人が通りかかり、姿を消しおった」

古田がほっと安堵の息をついた。

「とは申せ、あれで終わるとは到底考えられぬ。さらに今ひとつ、肥前小城藩では剣術指南であった能見五郎兵衛の一家眷属《けんぞく》が禄を離れ、武門の意地を貫かんと上府なされたとか」

古田がさらに困惑の顔へと変わり、

「なんということか」

と呟いた。

「古田どの、先の諍いはすでに手打ちがなったと理解しておるのはそれがし一人か。もし、そなた方四家がそれがしを討ち果たさんと新たに刺客を送り込まれるのであれば、それがし、座視するわけには参らぬ」

「お待ちくだされ、赤目どの。赤穂藩は先の争いをできることなれば忘れたき所存にござる。とてもそなたへ刺客を送り込むなど余力はござらぬ」

「赤穂藩はそうかもしれぬ。だが、一家が先走り致さば、じっとしておられぬのが当世の武士道にござろう」

　重い溜息をついた古田が、

「それがしにどうせよと申されるか」

「まずは小城藩の伊丹唐之丞どのに能見一族の一件を確かめて下され。それが確かなれば、それがしに抗う意思あることを小城藩に伝えて頂こう。昨夜の刺客が能見一族か、はたまた別の筋か未だ知らぬ。だが、先の再燃にならぬことを、それがし、願っておる」

　古田は沈思した。

　小籐次はさらに念を押した。

「古田どの、江戸で再び騒ぎが起きれば迷惑を蒙《こうむ》られるのは四家にござろう。いくら赤穂藩が関わりないと申されようと騒ぎに巻き込まれるのは必定。一人の年寄り武者に屈したと巷間《こうかん》に蒸し返されるだけで貴藩の名はさらに廃《すた》る」

　古田の顔が怒りに染まり、そして、悲しげに変わって小籐次を見た。

「赤目どの、そなたのお住まいはどちらか」

「住まいを教えて、寝込みを襲われてもかなわぬ」

　小籐次はそう答えながら、すでに昨夜の刺客は小籐次がどこに住んでいるか、承知しておると思った。

「そなたを襲うほどの達者の家臣、わが藩にはおりませぬ。それに先の諍いの収拾を通して、そなたにはいささかなりともそれがしを信用して頂いたと思うておりましたがな」

古田は自嘲気味に答え、皮肉を返した。

「芝口新町新兵衛長屋」

「ご町内に等しき土地にお住まいでしたか」

と小さな驚きを古田は示した。そして、

「まずそれがし、小城藩の伊丹どのと面談致し、能見一族の離藩を確かめる。その後の行動は伊丹どのの返答による」

小籐次は頷いた。

「必要とあらば、先の一件で知り合った三家の方々と対策を話し合う」

「それがしの訪いの目的は達せられた」

小籐次は古田寿三郎の人柄を信じるに足るものと承知していた。だからこそ、まず古田を訪ねたのだ。

「赤目どの。そなた、もはや豊後森藩とは関わりござらぬな」

「あのとき以来、それがし、屋敷の門を潜ったこともない。ただ今は市井に住まい、刃物研ぎで生計《たつき》を立てて暮らしておる」

「刃物研ぎですか。赤目どのは刀研ぎの技をお持ちでしたな」

古田が答え、

「なんぞ分りましたら、それがし一人、そなたのお長屋を訪ねる。それでよろしいか」

「事は急いでおる。いささかも安穏《あんのん》としておられぬ」

小籐次は念を押し、古田が頷いた。


小籐次は長屋の裏手に小舟を着けた後、しばらく辺りの様子を窺った。そして、異変がないことを見定めて、長屋の敷地に飛び上がった。

すでに夕闇が新兵衛長屋を覆い、住人たちは夕餉の刻限だった。

小籐次は商いの道具を長屋に運び上げ、袴を脱ぎ捨てると、釜に米を三合ばかり入れて、井戸端に行った。

長屋から洩《も》れてくる薄明かりで米を研ぎ、諸肌《もろはだ》脱ぎになって体を拭った。

釜を抱えて長屋に戻ると、行灯《あんどん》に灯りを入れ、竈に火を点《つ》けた。

菜は、昨日久慈屋で貰った焼き魚の鯵《あじ》二匹が残っていた。

一日じゅう暑さが籠っていたのでどうかと臭いを嗅《か》ぐと、いくらかぷーんと異臭がした。だが、焼き直せばなんとか食べられそうだと見当をつけ、それを菜にすることにした。

今日の稼ぎを懐の巾着《きんちゃく》から出した。

歌仙楼で六本の包丁を研ぎ、女将のおさきが色を付けて三百文をくれた。それが稼ぎのすべてだ。

「浪人さん」

隣の住人おきみの声がして、

「これから飯のようだねえ。茄子《なす》の煮浸しが残っているけど食べるかい」

と小皿を手にして土間に立った。

「昨日の残り物の焼き魚が菜だと思うていたら、馳走が舞い込んだ」

小籐次は部屋の隅に転がっていた風車と竹とんぼを手に、

「保《やす》坊にあげてくれぬか」

と菜の代を差し出した。

保吉《やすきち》は勝五郎とおきみの間の子で七歳になる。

「商売ものだろう」

「なあに、いくらも作れる代物《しろもの》だ」

「こりゃ、がちゃがちゃ舟の玩具よりずっとできがいいよ。浪人さん、刃物研ぎよりこっちを売ったほうが商いになると思うよ」

「いや、それがしの本業は研ぎにござる」

「ござるときたか、頑固だねえ」

二人は皿と引き物を交換した。

「少しは稼ぎになったかい」

「富岡八幡宮門前の料理屋から仕事を頂いた。当座はこちらの顔を知ってもらうのが先決でござる」

「気長におやり」

おきみが隣家に戻っていった。

小籐次は飯が炊ける間、部屋に筵を敷き、風車など引き物用の竹を鉈で割った。引き物だけは一日ですぐになくなった。ただで配るのだ。数はいくらあっても足りなかった。

小籐次は竹片を黙々とこさえながら、竈の火を調節した。

飯が炊きあがったところで竈の火を手あぶりの火鉢に移し、少し臭い始めた鰺を焼き直した。

この鰺と茄子の煮浸しで夕餉を食した。

洗い物を終えた小籐次は夜鍋仕事に掛かった。


翌朝、朝稽古を終えた小籐次は一旦長屋に戻り、久慈屋から頼まれていた刃物を二つに分けて布で包み、それを提げて芝口町の加賀湯に行き、一番風呂に入った。湯は久しぶりのことだ。

昨夜は引き物を作った後、夜鍋で包丁を研いだ。昼間、客待ちしながら研いだ分と合わせると十四本の包丁や小刀が研ぎ上がっていた。

湯の帰りに届けるつもりで持参したのだ。

長湯をして、体を擦《こす》り上げ、さっぱりした顔で脱衣場に上がった。すると白髪頭の年寄りと目付きの険しい男が睨み合っていた。

男の肩には半ば乾きかけた手拭がかかっていた。

年の頃は三十五、六か。

「おまえさん、さっきから他人の着物ばかり探って歩いてないかい」

「おい、おれに喧嘩でも売ろうというのか。年寄りの冷や水というぜ、止めておきな」

男は年寄りの前を離れて、湯屋の番台を擦り抜けようとした。すると番台の女主が、

「お客さん、懐が膨らんでいるけど、なにが入っているんです」

と声をかけた。

小籐次は自分の籠から研いだ包丁の包みが消えているのを見た。

刀は湯屋の二階の刀掛けに預けてあった。

「おかみさん、この湯は客にいちゃもんをつけるのが習わしか」

強引に男は表へ飛び出そうとした。それにもう一人の若い客が従おうとした。

相撲取り上がりのような大男だ。

「そなたらにちと尋ねたきことがある」

裸の小籐次が手拭をぶら下げて二人の前に立ち塞がった。

目付きの険しい男が、

「なんでえ、新手の年寄りか。怪我するといけねえぜ、どきな」

と脅すように怒鳴った。

もう一人の若い大男は、黙って小籐次を睨んでいた。

「おかみさんが申されるよう、そなたらの懐は膨らみすぎておる。だいぶ重いものが入っているようだな」

「余計なお世話だぜ」

「それがしの持ち物が失《う》せておるのだ。中味はお客様からの預かりものの包丁でな、大切な品だ。懐のものを返してくれぬか」

小籐次が静かな声で頼んだ。

「才蔵、この湯は主も客も根性が曲がっているぜ」

目付きの険しい兄貴分が仲間の大男に話しかけた。

その瞬間、弟分が小籐次に巨体に任せてぶちかましてきた。

小籐次が体を開くと、弟分は脱衣場の床につんのめるように転がった。

その弾みで大男の懐から包丁の包みが床に投げ出された。

「やりやがったな」

兄貴分が匕首《あいくち》を翳すと、小籐次に突きかかってきた。

小籐次の濡れ手拭が翻り、切っ先を伸ばしかけてきた兄貴分の顔面を、ぱしりと叩いた。

うああっ
濡れ手拭で叩かれた男が立ち竦んだ。

するとこちらの懐からも包丁の包みが飛び出した。

「盗人《ぬすっと》めが」

小籐次の足蹴りが男の股間に決まり、男は崩れ落ちた。次の瞬間、小籐次の注意は起き上がっていた大男に向けられていた。

「兄いの敵《かたき》！」

叫んだ巨漢が自分の腹を両手で叩くと、小籐次目掛けて再びぶちかましてきた。

小籐次の濡れ手拭がまた躍った。

大男の細い目を、びしりと叩くと立ち眩《くら》みがしたように巨漢が竦んだ。

小籐次の足蹴りが股間に入り、大男が崩れ落ちるように悶絶した。

一瞬の早業《はやわざ》に加賀湯の客は呆然としていた。

小籐次は二人の男たちの懐を探った。すると巾着が二つ出てきた。

「あっ、おれんだ！」

洗い場から上がってきた職人風の男が叫んだ。

「おかみさん、町方を呼ばれたほうがよかろう」

小籐次の言葉に番台のおかみさんが、

「おまえさん、難波《なにわ》橋の親分を呼んでおくれな！」

と釜場に向って叫んだ。

加賀湯で半刻以上も小籐次は足止めされた。

難波橋の親分こと、南町奉行所の鑑札を貰う御用聞きの秀次のお調べに立ち会わされたからだ。

秀次は苦み走った、働き盛りの御用聞きだった。

加賀湯の主に案内されて姿を見せた秀次は床に転がった二人を見て、

「だれが手取りにしなすった」

「このお方ですよ、親分」

番台から女主が叫んで、すでに単衣を着ていた小籐次を指した。

秀次はしばらく小籐次の矮軀に目を留め、

「おまえ様の仕業とは、おかみさんに聞かなきゃあ、信じることはできねえぜ」

と呟いた。

秀次は被害に遭った客を順繰りに尋ねて手先に書き留めさせた。最後に小籐次に目を向けた。

「お侍さん、お手柄でしたな。このところ二人組の湯屋荒らしが出没していると奉行所からのお達しがあったところだ。その内、奉行所から呼び出しがあって、お褒めの言葉がございますぜ」

「さようなことは無用に願いたい」

「とはいえ、御用の筋だ。おまえ様の名前と住まいを聞かせてくんな」

小籐次はしばし迷った末に、

「住まいは紙問屋の久慈屋どのの家作、芝口新町の新兵衛長屋。名は赤目小籐次、浪々の身にござる」

と答えた。

「紙問屋の久慈屋さんの家作にお住まいかえ。赤目様ねえ。めずらしい名だ」

と言いかけた秀次親分がはたと気付いたように、

「おまえ様が赤目小籐次様かえ、どうりで強いや。なんたって、丸亀藩をはじめ四家の大名行列を独りで襲って御鑓の穂先を奪いとられたお方だものな」

湯屋に驚きの声が上がった。

小籐次は即座に言った。

「親分、人違いにござろう。それがし、そのようなことは一向に存ぜぬ」

「おまえ様の立場なら、そう答えるしかあるまいな」

と秀次は一人合点した。

「それがし、盗まれた包丁さえ取り返せばそれでよい。後は親分にお任せ致そう」

加賀湯を出たとき、五つ（午前八時）過ぎになっていた。

久慈屋の台所に包丁を届けると小籐次は急いで長屋に引き返した。いつもの刻限より商いに出るのが遅れていたからだ。

築地川から大川に出たとき、日が翳り、空模様が怪しくなった。それでも小籐次は大川を渡った。

うづのことが気になっていたからだ。

三

その日も蛤町の裏河岸にうづの姿はなかった。

（平井村に訪ねるか）

とも迷った。だが、初めて商いに出た年寄りを気の毒に思い、一日付き合ってくれただけの関わりだ。突然、若い娘の家を訪ねていってよいものか。小籐次はもうしばらく様子をみようと考えた。

そこでこの日は蛤町の隣町、北川町、伊沢町、一色町の裏長屋を回り、研ぎ屋の披露目をして、長屋を仕切るかみさんに引き物の風車や竹とんぼを配って回った。

昼前にぽつりぽつりと雨が降り出した。

雨が止むまでの間、町内で見つけた蕎麦《そば》屋でかけ蕎麦を食して昼餉代わりにした。

その蕎麦屋にも研ぎの註文はないかと口上を述べたが、

「浪人さん、うちはしがない二八蕎麦屋だぜ。一々《いちいち》切れものを外に研ぎに出していたんじゃあ、儲けが飛ぶよ。他をあたってくんな」

と断わられた。

この日は一本の註文もなかった。

商いには天気と一緒で照る日もあれば雨の日もある、そう自らに言い聞かせた小籐次は、店仕舞いをすることにした。

小舟を舫った河岸に戻る途中、小雨を避けた黍団子《きびだんご》売りに出会った。

「あいにくの雨だのう。残っておるなら十文ほど団子をくれぬか」

「おまえ様は何屋だねえ」

引き物の風車を手にした小籐次に黍団子売りが問いかけた。

「新しく研ぎ屋を始めたので、披露目に回っているところだ」

小籐次は引き物の風車を黍団子売りに渡した。それを黍団子を入れた盤台の端に飾った団子売りが、

「浪人さん、まけておくよ」

と売れ残った黍団子を四つ包んでくれた。

黍団子の包みを懐に入れて、小雨の大川を渡って芝口新町の長屋に戻った。

すると長屋の井戸端に棒手振りの魚屋が姿を見せて、女たちが盤台の周りに群がっていた。

「あいにくの雨で浪人さんも早仕舞いかえ」

おきみが小籐次に言いかけ、

「魚屋さんも店仕舞いしたいとよ。浪人さんも鰹《かつお》の切身を買わないかい」

初鰹の時季を過ぎて、鰹の値も長屋の連中が購《あがな》えるものになっていた。

「もらおう。夕餉の菜に致す」

「ならば一切れ多く買っておくよ」

おきみは魚代を立て替えておくと言った。

昼は蕎麦だ。夕餉はちゃんと飯を炊いて菜を作ろうと考えて帰ってきたところだ。これで菜はできた。

小籐次は小舟から桶や砥石などを長屋に運び上げ、手拭で濡れた頭や顔を拭いて一息ついた。

魚屋がどぶ板を踏んで戻っていく様子があった。

「浪人さん、うちは鰹を煮るつもりだけど、おまえさんのところもそれでよいなら一緒に煮ておくよ」

と壁越しにおきみの怒鳴り声がした。

初鰹ならば生を芥子《からし》味噌で食したりするのが普通だが、もはやその季節は過ぎて、戻り鰹の時季だった。

「頼んでよいか」

「あいよ」

「あとでお代は届ける」

　雨は本降りになっていた。

　小籐次は釜に米を入れて、井戸端に走り、研いだ。そのついでに桶に水を張り、長屋に持ち帰った。

　久慈屋の残りの刃物を研ごうと思ったのだ。

　その前に黍団子の包みを開き、一つだけ残すと三つを昨夜届けられた茄子の煮浸しの小皿に載せて、おきみの家に持っていった。

「おきみさん、鰹のお代はいくらかな」

　勝五郎が文机《ふづくえ》のような小さな作業机を前に鑿を振るっていた。その周りには木屑が散っていた。だが、おきみも保吉の姿もなかった。

「おっ母なら、八百屋に行くついでに寺子屋に保吉を迎えにいったぜ。鰹の代なんぞいつでもいいや」

「勝五郎どのはよいな。雨降りにかかわらず仕事ができる」

「これが居職の強みだがな。その代わり、いつ仕事が途絶えるかしれねえや」

　勝五郎は読売や草双紙の類《たぐい》を版元から頼まれて仕事をしていた。

「やはり註文にむらがござるか」

「あるある、あり過ぎらあ」

とぼやく勝五郎に手にしていた黍団子を差し出した。その傍らに二十文ほどを置いた。

鰹の代と料理賃のつもりだ。

「これは保坊が喜ぶぜ」

小籐次は部屋に戻ると勝五郎に倣《なら》って仕事を始めた。

久慈屋の店と台所から頼まれた刃物が八本ほど残っていた。それを夕方までに片付けておこうと砥石に向った。

刃先と砥石の間を平行に置いて、研ぐ。

単純な作業だけに無心になれた。

朝から一本も研いでいないだけに、集中して八本を一気に研ぎ上げた。

気づいて見ると夕暮れが迫っていた。

おきみの家から鰹を生姜《しょうが》と一緒に煮る匂いが漂ってきた。

飯を炊くかと考えたが、まだ刻限はさほど遅くはなさそうだ。久慈屋に研ぎ上がった刃物を届けてこようと小籐次は思い立った。

身仕度といっても前掛けを外して、傘代わりに破れ笠を被ればよい。

大小だけは着流しの腰に帯び、刃物を包んだ布包みと破れ笠を手にして長屋を出た。

　雨は上がっていた。そこで笠は置いていくことにした。

「おきみさん、久慈屋まで届け物にいって参る」

　隣に声を掛けると、

「黍団子とお代、ありがとうよ」

「足りたかな」

「十分足りたさ。魚が煮えたら届けておくよ」

　という返事が障子戸越しに返ってきた。

　木戸口を出るとき、小籐次は気を引き締めた。

　過日の刺客の一件を思い出したからだ。だが、久慈屋の前までなんの異変もなく辿り着いた。

　まだ店は開いていた。裏へ回ろうとする小籐次を大番頭の観右衛門が見つけ、

「赤目様」

　と呼んだ。

「商いはいかがにございますな」

「あいにくの雨で昼には店仕舞いを致した」

小籐次は手にした布包みを解くと、店用の鋏や小刀を五本取り分けた。残りの三本は台所で使う包丁だ。

「赤目様、うちは紙問屋にございます」

観右衛門は言わずもがなのことを言った。

「紙を切り分ける刃物にはそれなりに厳しゅうございます。赤目様の研がれた小刀の切れ味がよいというので店の者が喜んでおります。切った後の紙の端がどれも一様にきれいにすっぱり裁《た》たれております」

「それはようござった」

「旦那様もこれだけの腕前なれば、いくらも儲け仕事があろうとおっしゃっておられます。わざわざ長屋を回って一文仕事をなさるところが、赤目様らしゅうございますな」

そう言いながら観右衛門は、一両小判を紙に包み、

「此度《こたび》の研ぎ料にございます」

と差し出した。

「大番頭どの、それはならぬ。それがし、久慈屋どののから研ぎのお代を受け取ろうなどとは毛頭考えてもおらぬ」

「赤目様、それはいけませぬぞ。それでは商いの常道に反します」

観右衛門がぴしゃりと言った。

「そう申されても」

「よいですか。あちらは知り合いだから、研ぎ代を安くする、こちらは入魂ゆえお代は頂かぬ、では商いが立ち行きませぬ。商いの代は等しく頂き、また支払った上で世話になった分は気持ちでお返しする。これが商いの上での要諦《ようてい》、付き合いにございます」

「そうでもござろうが」

「旦那様からも厳しく言い渡されております。赤目様が汗水垂らして研がれた刃物は切れがよい、それ相応の対価を支払うのは当然です。尾張様をはじめ諸大名家御用の久慈屋は商いの道具をただで使っておると、世間の噂になってはうちの面目も立ちませぬ」

観右衛門が言い渡すと小籐次に差し出した。

「頂いてよいのであろうか」

「よいのです」

はっきりとした返答に小籐次は一両を押し頂くと、

「思わぬ入金にござった。これで砥石が購えます」

と洩らしていた。

なにしろ裏長屋の菜切り包丁を研ぐ仕事しか考えていなかった。

仕事を始めるにあたって砥石三つしか用意できなかったのだ。

久慈屋の仕事用の小刀や歌仙楼の料理人の使う刃物は、もう少し目の細かい砥石を使って丁寧に仕上げたいと考えていたところだ。この一両で砥石が購えると考えたのだ。

「ほれ、入費《かかり》はいくらもございましょう」

と、ようやく顔に笑みを浮かべた観右衛門が、

「加賀湯ではお手柄を立てなさったそうですな」

と突然話題を変えた。

「もはやご存じか」

「難波橋の親分はうちの出入りですよ。親分が久慈屋様の家作にはどえらいお方がお住まいですね、と朝の騒ぎを語っていきましたので」

小籐次は困惑した。

「親分が久慈屋と赤目様の関わりはいかにと訊きますから、箱根の湯治で旦那様

一行の危難を助けられた経緯《いきさつ》から江戸での再会までを話しておきました。いえね、親分も縄張り内にだれが住まいしているかを承知しておくのが役目なのです」

　と言った観右衛門は、

「ご心配なく。難波橋は先々代からのうちの出入り、秀次親分もわけの分らぬ御仁ではございませぬ。赤目様が新兵衛長屋にお住まいの一件は親分の胸の内で止《とど》めておくように頼んでおきました」

「造作を掛け申した」

「そうそう、旦那様が一度、赤目様と酒を酌み交わしながら話がしたいと申されておられました。近々暇を作って下されよ」

　久慈屋では店仕舞いに入り、番頭やら手代たちが大番頭の観右衛門の許《もと》に卸し帳などを持参してきた。

「それがしはこれで」

　小籐次は包丁を手に台所に回った。すると台所も夕餉の仕度に多忙を極めていた。女中頭のおまつに包丁を渡すと、

「そう気張って仕事をしねえでいいだよ。仕事の合間にな、ゆるゆるやりなせいよ」

と言い、

「おまえ様に内儀様から預かりものだ」

と大徳利を抱えてきた。

「お店で研ぎ料は頂いた。そのうえ、このような頂戴物をしては恐縮至極だ」

「おまえ様は先の大酒会で一斗五升を飲み干されたほどの酒豪じゃそうな。よいか、腹も身の内、酒はほどほどに楽しむものじゃぞ」

「相分った」

おまつの忠言を素直に受けた小籐次は、大徳利をぶら提げて長屋に戻りついた。するとおきみのところから鰹と大根の煮物とらっきょう漬けまで届いていた。

小籐次は竈に火を入れて、飯を炊きながら、頂いてきた大徳利の酒を茶碗に注《つ》いだ。

久しぶりに嗅ぐ酒の香に喉が鳴った。

「折角《せっかく》のご好意ゆえ頂こう」

独り呟いた小籐次は茶碗の縁に口を付けた。

上方からの下り酒のなんともいえない香りが鼻腔《びくう》を擽《くすぐ》り、再び喉が鳴った。

ゆっくりと口に含み、舌先に転がした。えもいわれぬ芳香が喉に落ちて、体じゆうに美味が広がった。

甘露一杯を一口で飲み干した。

二杯目は少しばかり味わって胃の腑に納めた。

陶然とした酔いが体に広がるのが分った。

（ゆっくりじゃぞ、ゆっくりにな）

そう言い聞かせながら、らっきょうを摘んだ。

小籐次は茶碗酒を四杯飲んでおつもりにした。そして、炊き上がった飯に鰹と大根の煮物でふうふう言いながら夕餉を食し、満腹した。

次の日、雨模様は去り、天気になった。

だが、蛤町の裏河岸にも門前町の船着場にもうづの姿はなかった。

小籐次は深川の町内を歩いて研ぎ仕事を頼んで回った。だが、どこも馴染みの研ぎ屋が入っていて、なかなか仕事を取ることができなかった。一日歩いて一本とか二本の日が続いた。

歌仙楼では三日置きに包丁を出してくれたので、なんとか糊口を凌ぐことができた。

新規の客を得なければ、そう気持ちが焦《あせ》った。

ぐずついた天気が数日続き、研ぎの註文も二本とか三本とかしけたものだった。

その日、江戸はからりと朝から晴れ上がった。

気分を変えるために加賀湯で朝湯に浸《つ》かり、さっぱりして仕事に出た。

深川富久町《とみひさちょう》と材木町を繋ぐ丸太橋際に小舟を舫った小籐次は、裏長屋を次から次へと訪れ、商いの宣伝にこれ努めた。

破れ笠に二本差しの老人が研ぎの註文に姿を見せたのだ。どこも警戒して包丁を預ける者はいなかった。だが、引き物の風車や竹笛だけは直ぐになくなった。

ある長屋では、木戸口を出る小籐次の背に、

「竹細工で包丁を預かりというのはちょいとおかしいよ。新手の騙《かた》りじゃないかねえ。古道具屋かなんかに売り飛ばすんだよ」

「近頃、油断も隙もないからね。もっともうちのなまくら包丁を古道具屋が買い取るとも思えないけど」

と掛け合う声が聞こえた。

(飽きずに続けることだぞ、小籐次)

と言い聞かせつつ、丸太橋際に戻ってみると小舟の姿が消えていた。近くには

荷船の船頭が二人、煙管《きせる》で煙草を吹かしていた。

「船頭どの、ここに止められていた小舟を知らぬか。舳先に大きな竹細工の風車が立っている舟じゃが」

「そういえばさっきまで風車が舞っていたな。権《ごん》の字、おめえ、なんぞ見たか」

と小籐次に聞かれた船頭が仲間に聞いた。

「浪人さんよ、あれはおめえの舟かえ」

「いかにも、それがしの研ぎ仕事に使う舟でござる」

小籐次は一本だけ残っていた風車を差し出してみせた。

「さっきよう、頬被りした若い衆と大男が自分の舟のように舫い綱を外して乗っていったぜ。悪さでそこいらを乗り回しているのかねえ」

「どっちに舟は行ったな」

「そりゃ、おまえさん、富岡町の方角よ」

「助かった」

「探しにいくのか」

「あれがなくば明日から飯の食い上げだ」

小籐次は自分の迂闊《うかつ》さに腹が立っていた。

船着場のだれかに声をかけていくべきであった。だが、仕事に使う道具には盗人も手を出さないという習慣があった。それについ甘えた。

「商売道具をいたずらするとはひでえ野郎だぜ」

船頭の言葉に頷くと河岸沿いに小舟を探し始めた。堀近くで商売する人や往来する船頭には、

「風車を立てた小舟は知らぬか」

「こちらに二人連れが乗ってきたというが見なかったか」

と声をかけた。

だが、だれも小舟に気づいたものはいなかった。

小籐次は落ち込む気持ちを奮い立たせ、永代寺と富岡八幡宮の周辺に張り巡らされた運河沿いを探して回った。

だが、だれからも有力な情報は聞き出せなかった。

(どうしたものか)

思案に暮れた小籐次は、いつしかうづと会った蛤町の裏河岸の船着場に出ていた。

夕暮れの光が水面を照らしていた。

呆然としてどれほど佇《たたず》んでいたか。

「おまえさんは研ぎの浪人さんじゃないか」

と声がかけられた。

うづと出会った日に野菜を買いにきたかみさんの一人だ。

「おまえさん、承知かえ。おうづちゃんが萱造親分の女郎屋から遊女に出るとよ」

「なにっ、ほんとうのことか」

「ああ、なんでも平井村の親父どのを強引に賭場に誘い込んで負けを作り、そのかたにおうづちゃんを身売りさせたという話だよ」

「糞《くそ》っ」

小籐次は吐き捨てた。

小舟は盗《と》られ、うづまで遊女に身を落とすという。

あの日の諍いが萱造を駆り立てたのだろう。となると、小籐次の責任と言えなくもない。

「寅岩の萱造はどこで一家を構えておる」

「そりゃ、富岡八幡門前の東仲町さ」

「女郎屋もそこか」

「女郎屋は新地という話だが、どれが寅岩の息の掛かった見世《みせ》かしらないよ」

深川の遊里の起源は富岡八幡宮の水茶屋に始まるという。古書『紫の一本《ひともと》』は、

「永代島　八幡の社《やしろ》有、此地江戸を離れ、宮居遠ければ、参詣の輩《ともがら》も稀にして島の内繁昌すべからずとて、御慈悲を以て、御法度ゆるやかなれば、八幡の社より手前二三町が内は、皆表店《おもてだな》は茶屋にして数多《あまた》の女を置て、参詣の輩の慰《なぐさみ》とす……」

とその間の経緯を記す。

幕府のお目こぼしによって遊里を黙認した結果、色々なところに散在することになった。

曰《いわ》く仲町、土橋、表櫓、裏櫓、裾継《すそつぎ》、佃、新大橋、新地、石置場、八幡御旅所《おたびしょ》、三十三間堂、入船町、安宅長屋、直助長屋、網打場、井野堀などである。

それが近頃では深川七場所と呼ばれるようになり、仲町、土橋、櫓下、裾継、新地、石場、佃の七箇所を指すようになっていた。

女のいう新地は大新地と小新地に分れていたが、女郎屋は知らぬという。

「造作をかけた。礼を申す」

小籐次は律儀に女に頭を下げると徒歩《かち》で東仲町を目指した。

四

永代寺門前に一家を構える寅岩の萱造の家は、間口七間、奥行きのありそうな二階家だった。障子戸には麗々《れいれい》しくも、

「永代寺、富岡八幡宮御用達」

と書かれ、反対の障子には寅岩の萱造とあった。

玄関先は掃き清められ、大勢の子分たちが控えている様子が外からも窺えた。

だが、表口を見張るにはあまりにも見通しがよく、どこにも身を隠す場所がなかった。

小籐次は表を素通りすると裏手に回った。すると、裏口は富岡八幡宮と永代寺を囲む堀の一角に面して、船着場まで設けられてあった。

表口よりこちらの方が見張りやすい。

小籐次は裏口を見通せる船小屋の陰に腰を据えることにした。

風車を破れ笠の縁に止めた。

時折吹く風に風車が緩く回り、また止まった。

小籐次が見張り始めて半刻が過ぎ、辺りに夜の帳《とばり》が下りた。

風が止み、蒸し暑い夜になった。

灯りは堀の対岸の富岡八幡宮の常夜灯の灯りが洩れてくるだけだ。

蚊が飛んできて、じっとりと汗を掻いた首筋を刺した。

小籐次は音を立てないように蚊を叩いた。すると、しばらく動きを止めていた風車がかたりと回った。

朝餉と昼餉を兼ねた飯を九つ（正午）時分に食べて以来、なにも口にしていなかった。

だが、その場を離れる気はなかった。

小籐次の腹の虫が鳴いた。

（なんとしても、うづの居場所を知ることだ）

五つ（午後八時）時分、萱造の家の裏手に田楽と酒の看板を掲げた屋台がやってきた。

汗止めの鉢巻をした親父が、

「田楽に上酒！」

と呼ばわった。すると家の裏口から三人の若い衆が出てきて、田楽と酒を頼んだ。仕事帰りの職人も加わり、さらに萱造一家の裏口からは二人の浪人者も姿を見せて、川端の屋台はなかなかの盛況だ。

萱造は浪人者も何人か用心棒に抱えている様子だ。

屋台が去ったのは一刻後だ。

浪人も若い衆も家に戻った。すでに刻限は四つ（午後十時）を過ぎていた。

小籐次はひたすら耐えて待った。

ふいに堀の東側から櫓の音が響いた。遠くに提灯の灯りが浮かんだ。

猪牙舟とは異なる舟影だ。

小籐次が見ていると、舟の舳先でからからと風車が舞っていた。なんと小籐次の舟を乗り回している者がいた。

二人が乗った小舟は小籐次が潜む暗がりの眼前を横切り、萱造一家の船着場に着けられた。

「ちょろ熊、後は頼んだぜ」

という声を残して、小舟から船着場に飛んだのは専太郎だ。そして、小舟に残ったのは小籐次が流れに叩き落とした巨漢の一人だ。

ちょろ熊と呼ばれた男が小籐次の小舟をまた堀に出した。だが、舳先は西へと向けられた。

小籐次は長いこと潜んでいた暗がりから出ると、河岸沿いに小舟を追い始めた。

小舟は門前町と富岡八幡宮の社地、さらには永代寺の寺領の間を曲がり曲がり抜ける堀沿いにいくつもの橋を潜り、西へ向って進む。

昼間ならばたくさんの参詣人の姿を見かける一帯だが、刻限も刻限、さすがに人影はない。堀を往来する舟の姿も見えなかった。

永代寺門前東仲町から同じ門前町へと移っていた。

小籐次は山本町に小舟が進んだときに行動を起こした。

ちょろ熊と呼ばれた萱造一家の子分の熊五郎は、永代寺寺領の西の外れにある橋を潜ろうと思わず頭を下げた。

六尺二寸の身の丈はつねに頭をぶつける不安に晒され、咄嗟《とっさ》に頭を下げる癖が身についていた。

橋を潜れば幅の広い堀と合流する。

小舟の先端が橋の下に入り、ちょろ熊が深い闇に目を凝らした。

橋の下を抜けたその瞬間、ちょろ熊の背にふわりと飛び降りてきた者がいた。

両の足がちょろ熊の猪首に絡まると、盆の窪《くぼ》を痛撃された。

その途端、ちょろ熊はつんのめりながら意識を途絶させた。

朽木が倒れるようにどさりと小舟に大の字に倒れた。

その背に小籐次が跨《また》がり、ふわりと舟に降りた。だが、ちょろ熊の倒れた反動で小舟が大きく揺れていた。

小籐次は櫓を握ると小舟を進めた。堀を一町も進むと、北本所代地の空き地が右手に見えた。

この界隈を商いに回って、およその地理は呑み込んだ小籐次だ。

小舟を空き地の裏手に着け、舫った。

研ぎの道具はと見ると、舳先に洗い桶が置かれ、砥石類もその中に入っている様子だ。

(まずはよかった)

商いの道具を確かめた小籐次は手桶で堀の水を汲み、ちょろ熊の顔にぶちかけた。

ううっと呻き声を上げて、ちょろ熊が意識を取り戻した。顔を上げて何事が起こったかと目をきょろきょろさせた。

「ちょろ熊、どこに行こうとしておったな」

小籐次が舳先に座っているのに気づいたちょろ熊が、

「て、てめえは」

と叫び、いきなり立ち上がった。

その瞬間、小籐次が小舟を左右に大きく揺らした。

あっという声を上げ、ちょろ熊が堀に落ちた。

浮かび上がったちょろ熊の頭を小籐次が竿の先で押さえた。すると大男の頭はまたぶくぶくと水中へ消えた。

強く押さえている風には見えなかった。だが、いくら大男のちょろ熊が浮かび上がろうと暴れても、水中から顔を出すことはできなかった。

頃合と見て、竿を緩めた。すると必死の形相のちょろ熊が顔を出して、水を吐いた。

「ちょろ熊、うづはどこにおる」

「う、うづたあだれだ。そんな女、知らねえ」

「新地に売られたことまで分っておる」

竿が再びちょろ熊の頭を押さえて水中に浸けた。両手をばたつかせて暴れるちよろ熊に、竿を少しだけ緩めた。

顔がまた上がってきた。

「思い出したか。兄貴分の専太郎と三人でかどわかそうとした野菜売りの娘さんだ」

竿に三度力を入れようとした。

「ま、待ってくれ」

「申すか」

「深川大新地の五大楼にいらあ。今、そこに行くところだったんだ」

越中島の西方の海岸に突き出した深川新地は、享保十九年（一七三四）に埋め立てて造られ、大新地と小新地に分れていた。茶屋、女郎屋二十数軒の内、大見世は大新地に集まり、五大楼はその中でも繁昌していた。

「うづを見世に出したか」

「今、金払いのいい客に突出しを願っているところだ」

突出しとは吉原で新造が初めて客をとることだ。世の中には初夜の遊女を珍重して大金を支払う好き者が大勢いた。

「ちょろ熊、心して聞け」

「な、なんだ」

「寅岩の萱造にこう申せ。これよりうづを貰い受けに五大楼に乗り込む。うづの身請け証文を持参して五大楼に参れとな」

「爺、おめえ一人で五大楼に乗り込むつもりか」

「いかにも」

「無茶だぜ。うちには用心棒の先生が何人もいなさるんだ」

「他人の心配はせぬことだ。まずはそなたの頭の蠅を追うことだ」

小籐次は竿の先でちょろ熊を河岸に押しやると、返す竿で石垣を突いて、大新地に向った。


越中島に突き出した深川大新地の五大楼は、三方を江戸の海と大川河口に囲まれていた。

小籐次は小舟を海側に回して繋ぎ止めた。

五大楼は官許の吉原に対抗するために眺望を大事にして、海に突き出すように建てられていた。

諸国遊里の第一がいくら吉原とはいえ、お歯黒どぶと高塀に囲まれた里で眺望はきかなかった。

その点、江戸の海を一望する深川は絶景の遊び場だ。

海に面した二階の障子窓には、灯りの入っている部屋と消えているところがあった。

夏のこと、薄く開けられている部屋もあった。

破れ笠を被った小籐次は薄明かりの点った角部屋に狙いを付けた。その手摺《てすり》に竹切れを括《くく》りつけた縄を投げて絡め、二度三度と引っ張って確かめると、するするとよじ登っていった。

障子に手をかけるといきなり開いた。

有明行灯の灯りで遊女と客が絡み合っていた。

突然の侵入者に二人が目を丸くして動きを止めた。

「驚かして相すまぬ。そなた、うづという娘がどこにおるか知らぬか」

遊女は呆れたような表情に変わり、

「帳場の隣部屋にいるけど」

と思わず答えていた。

「騒ぎがあるやも知れぬ。この部屋にじっとして、楽しみを続けておることだ」

小籐次は備中次直二尺一寸三分の鯉口《こいぐち》を切ると部屋を出た。

廊下の右手に大階段が見えた。階段口の遣手《やりて》の小部屋の灯りが廊下にこぼれている。

小籐次は委細構わず遣手の部屋の前を通り過ぎ、大階段を駆け下った。

遣手がなにか叫び、続いて階段を駆け下る足音が響いた。

小籐次は灯りが点り、人声がする階段下の帳場に飛び込んだ。

妓楼の主と女将、それに用心棒を兼ねた番頭が酒を飲んでいた。小籐次の出現に凝然《ぎょうぜん》として侵入者を見た。そこには身丈五尺少々の、矮軀の老武者が立っていた。

「おっ、おめえはなんだ」

番頭が傍らの長脇差を摑んで立ち上がった。

小籐次の腰が沈み、右手が躍ると次直が抜き放たれた。

光になった刃が長脇差を抜こうとした用心棒の頭の上を一閃《いっせん》した。

髷《まげ》が飛んだ。

翻った次直が左に右に閃《ひらめ》いた。

その瞬間、部屋に三つの髷が転がり、女将の島田髷はざんばらに散り乱れていた。

「うっ」

と息を呑む妓楼の主の首に次直がぴたりと付けられ、

「うづさんはどこにおる」

と小籐次が聞いた。

主は言葉が出ないのか、目を白黒させるだけだ。

「素《そ》っ首が飛ぶことになる」

小籐次の静かな問いに、

「と、隣部屋に」

と答えた。

小籐次が刀を突きつけたまま、足で襖を開けようとすると、遣手女がのっそりと帳場に顔を出して、呆然とした。

その瞬間、立ち竦んでいた用心棒番頭が長脇差を抜いて、

「野郎！」

とばかりに小籐次に斬りかかった。

存分に引き付けておいて、次直が鋭く振るわれた。

脇腹を深々と斬られた用心棒番頭が隣部屋に転がった。痙攣《けいれん》していたが、直ぐに動かなくなった。

悲鳴が上がった。

小籐次が見ると、部屋の隅に長襦袢《ながじゅばん》一枚のうづが小さくなって座らされていた。

「うづさんや、もはや心配ござらぬ」

うづは侵入者がだれか分らない様子で無闇に顔を横に振った。

「女、なんでもよい。着物をくれ」

小籐次の呼びかけに女将が、

「畜生」

と言いながらも、手近にあった浴衣《ゆかた》を小籐次の足元に投げた。

小籐次はそれをうづに投げると、用心棒番頭の長脇差を拾った。

「着よ」

と言った。そのとき、うづが、

「研ぎ屋のお侍さん」

と侵入者の正体にようやく気づいた。

「怖い思いをさせたな。もはや安心せよ」

「足抜きさせようというのかえ。寅岩の親分が黙っていないよ」

敷居で遣手が叫んだ。

「親分とご一統はすでに呼んである」

「なんだって！」

「さて、どうしたものか」

小籐次が長脇差を畳に突き立て、次直を一旦鞘に納めると顎を片手で撫でた。

深川大新地に乱れた足音が響き、寅岩の萱造と子分たちが用心棒の剣客三人を従え、五大楼の前に到着したのは、それから間もなくのことだ。

五大楼の表戸が一枚ほど開かれ、中から煌々《こうこう》と灯りが点され、表に洩れていた。

ぎょっとした一同が足を止めた。

「ちょろ熊、研ぎ屋の爺は、見世で待つと言ったんだな」

兄貴分の専太郎の声がして、案内役に立たされた濡れ鼠のちょろ熊が、

「へえっ、兄い」

と答えた。

「ふざけやがって」

匕首を翳した専太郎が開け放たれた戸口から飛び込んでいった。

その直後、
げげげえっ
という壮絶な叫びが響き渡り、寅岩の萱造が見ている前に専太郎が後退《あとじさ》りしてきた。

「どうした、専太郎」

萱造の問いに専太郎がよろよろと向きを変えた。

胸の下、鳩尾に長脇差が深々と突き立っていた。

「せ、専太郎」

萱造の悲鳴が響き、専太郎がどさりと横倒しに倒れこんだ。

十数人の萱造一家が慄然《りつぜん》としてその光景を見た。

「萱造、うづの身請け証文を持参致したか」

五大楼の中から小籐次の言葉が聞こえた。

「身請け証文だと。そいつは借金をきれいさっぱり払ってから言うもんだぜ」

「萱造、それがしの小舟を専太郎に盗ませたな。すべてはそれで帳消しじゃあ」

「糞っ」

と吐き棄《す》てた萱造が、

「先生方、叩き斬ってくんな。礼はたっぷりするぜ」

と連れてきた浪人剣客に言いかけた。

「寅岩の親分、鹿島一刀流役所源八郎《やくしょげんぱちろう》にお任せあれ」

三人の首領格の役所が応じ、鯉口を切った。

仲間も続いて戦いの仕度を整えた。

萱造の子分たちが一枚だけ開かれた戸口の左右に忍び寄り、大きく五大楼の戸を開けた。

すると大階段の前の板の間に破れ笠を被った赤目小籐次が独り座し、大徳利を前に置いて、茶碗酒を飲んでいた。

土間にはざんばら髪の妓楼の主夫婦と遣手の三人が正座させられていた。

二階の階段上では、固唾《かたず》を呑んで大勢の遊女や客たちが階下の争いを見守っていた。

広い土間に役所源八郎と仲間の剣客二人が入ってきた。

役所は五尺七寸の身丈で、仲間はさらに二寸ほど高かった。

剣を遣っても十分な広さの土間だ。

「一人で乗り込むとは大胆なことよ」

役所源八郎が呟き、

「流儀を聞いておこうか」

「来島水軍流」

茶碗酒をゆっくりと飲み干した小籐次が答えた。

「聞いたこともないが田舎剣法だな。名はなんだ」

「赤目小籐次」

役所が訝しそうな顔をして、仲間を見た。

「役所どの、赤目とは大名四家を向こうに回して独り奮闘した老武者の名だぞ」

「なにっ！」

と驚きの声を上げた役所が小籐次に視線を戻したとき、すっくと小籐次が立ち上がっていた。

役所らが思わず剣を抜いた。

小籐次が上がり框から土間に飛び降りた。

その矮軀に一瞬の動揺を抑えた役所が、

「柘植《つげ》氏、佐々氏、爺一人になにごとかあらん」

「おう!」

と呼応した柘植が間合いをいきなり詰めると、八双に立てていた剣を小籐次に振り下ろした。

小籐次の手から空の茶碗が、
発止《はっし》!

と投げうたれ、それが柘植の眉間《みけん》に当たって立ち竦んだ。

同時に矮軀の腰が沈み、柘植の内懐に飛び込むと来島水軍流の秘剣、

「流れ胴斬り」

が決まって柘植が前のめりに土間に転がった。

次の瞬間には小籐次は横走りに移動して、正眼の剣を引き付けようとした佐々の首筋に次直を閃かせていた。

五大楼の玄関にぱあっと血飛沫が飛んで、佐々も倒れ込んだ。

秘剣漣《さざなみ》の一手だ。

一瞬の早業《はやわざ》に一同はど胆を抜かれ、声もない。

「おのれ!」

役所源八郎が体の崩れたと思えた小籐次の横手を襲った。さすがに重厚な剣捌《さば》

きだ。

小籐次の矮軀が波の上を滑るように移動して間合いを外し、次直を下段に置いた。

役所は上段に上げた剣を正眼に戻した。

間合いは一間。

一歩踏み込めば生死の境を切った。

それだけに、役所も直ぐには二手を振るうことを躊躇《ちゅうちょ》した。

睨み合いがしばらく続いた。

「先生、殺《や》ってくんな！」

寅岩の萱造の悲鳴にも似た声が飛んだ。

役所源八郎が正眼の剣を引き付けて、

「え、えいっ！」

と叫びつつ、小籐次の額に必殺の斬り下ろしを見舞った。

後《ご》の先《せん》。

小籐次は不動のままに役所の右腰から左の肩口へと振り上げた。飛び込んできた役所の剣が小籐次の額に触れる直前に次直が斜めに斬り上がり、役所を立ち竦ませた。

小籐次の体が斜め前方に流れ、役所の動きを止めていた剣がゆっくりと地に落ちた。

次直が虚空で反転して、必死の想いで小籐次を振り見た役所の喉首を、
ぱあっ
とかっ捌いた。

血飛沫が飛び、役所が前のめりに崩れ落ち、小籐次の口から、

「来島水軍流波頭《なみがしら》」

の声が洩れた。

もはや粛《しゅく》として声もない。

「寅岩の萱造、命が惜しくば、うづの身請け証文を貰おうか」

小籐次の顔が萱造に向けられ、がくがくと頭を上下させた萱造が、

「さ、三右衛門、証文を出せ」

と妓楼の主に命じた。

小舟は小名木川に入って、舳先の風車がからからからと回った。

夜半を大きく過ぎて風が出たようだ。

小籐次は股の間に置いた大徳利から茶碗に酒を注ぐと、くいっと飲んだ。すきっ腹に酒が染み渡った。

小籐次はうづを平井村の家に送っていこうとしていた。

懐から出した身請け証文を未だ呆然としたままのうづの膝の前に投げ、

「そなたの手で破り捨てよ」

と小籐次は言った。

うづの耳には、先ほど血刀を振るっていた鬼人の声とは別人のもののように優しく響いた。

「うづさん、元気になったらまた商いを教えてくれるか」

「はっ、はい」

と答えたうづが、身請け証文を細かく引き裂いて流れに捨てた。

風車が緩く舞い、月明かりの水面に散った証文が夏の雪のように白く浮いて見えた。

第三章　呼び出し文

一

江戸は諸所方々で夏祭りの時節を迎えた。

深川の町内の祭礼を縫うように、小籐次はお得意を少しずつだが広げていった。

うづとは蛤町の裏河岸の船着場で毎朝会うことが習わしになっていた。

「お侍さん、今日はどこを回るの」

「仙台堀界隈の長屋を回ろうと思うておる。うづさん、気をつけてな」

「大丈夫よ、お侍さんこそしっかり稼いでね」

「ああ、そう致そう」

朝方の短い会話で、うづと小籐次は東と西に水路を別れた。

そんな穏やかな日々が続いた。

この日、芝口新町の長屋の裏手に小舟を着けると、それに気づいたおきみが、

「浪人さん、客があったよ」

「客とな」

「お侍だ。浪人さんと違い、立派な侍さんだ」

小籐次は苦笑いした。

「いつ長屋に帰ってくるかって聞いたからさ、いつもは暮れ六つ（午後六時）の頃合だと答えたら、この文を置いていったよ」

「造作をおかけした」

走り書きの手紙は赤穂藩のお先頭古田寿三郎からだ。文面は短く、

〈宇田川橋西裏、藪蕎麦二荒《ふたら》にてお待ち候　古田〉

とあった。

「客が来たのはいつでござる」

「四半刻も前のことだよ」

小籐次は井戸端で肌脱ぎになって汗を拭い、顔と手足を洗うと仕事着から単衣に着替えた。屋敷奉公以来、穿き古した袴を着け、大小を差して長屋を出た。

さすがに夕暮れの刻、破れ笠は被らなかった。

東海道に架かる宇田川橋を増上寺の方角に一本入った角に蕎麦屋の二荒はあった。近くの大名屋敷の奉公人たちも使うのか、入れ込みの他に二階に小部屋がいくつかある、なかなか立派な蕎麦屋だった。

「こちらに赤穂藩の古田どのがおられようか」

小籐次が女将と思える女に聞くと、

「二階座敷でお待ちですよ」

と入れ込みの奥の階段を差した。

小籐次は次直を腰から抜くと手に提げ、階段を上がった。二階には廊下を挟んで三つ部屋が並んでいたが、右手の奥の部屋から古田が顔を覗かせた。

「こちらにございます」

小籐次が頷き、部屋の入口までいくと古田の他に三人の顔が見えた。

丸亀藩の黒崎小弥太、臼杵藩の村瀬朝吉郎、そして、小城藩の伊丹唐之丞だ。

いずれも先の御鑓拝借の騒ぎの中で事態の収拾に動いた中堅から下の若侍たちだ。

黒崎らが小籐次を見る顔には畏敬の表情が浮かんでいた。

敵対したはずの小籐次に対して嫌悪や不信の情が見えないのは、小藩の下級武士の小籐次が藩主の恥辱を雪がんと独り奮闘した経緯を目《ま》の当たりにしていたからだ。

騒ぎの発端から終息まで孤独な戦いを戦い抜いた赤目小籐次の行動に、恩讐を超えて共感と尊敬を覚えていたのだ。

この四人の中で黒崎と古田だけが小籐次と直接会話を交わしていた。

黒崎小弥太は六郷河原の屋根舟で仮眠をとる小籐次を訪ね、騒ぎの解決の切っかけを作っていた。それだけに懐かしさが顔に見えた。

「一別以来にございます」

黒崎小弥太の言葉に頷きも与えず、小籐次は視線を年長の古田に向けた。

「伊丹どのと話し合い、われら四人打ち揃いて赤目どのにお目にかかるのが最上の方策、互いに手間も省けるかと、かく席を設けました」

古田はそういうとぽんぽんと手を叩いた。

未だ卓には蕎麦も酒も供されてはいなかった。

「まず小城藩の伊丹どのから、先の剣術指南能見五郎兵衛殿一族の一件を話してもらいます」

伊丹が頷くと口を開いた。

唐之丞は小城藩の留守居役伊丹権六の年の離れた実弟にして、中小姓を勤めていた。

「赤目どの、それがしが藩の内情を話すは偏《ひとえ》に先の騒ぎの再燃を恐れるがため、ひいては小城藩の為ならずと考えるがゆえにござる。この場の話、他言無用に願います」

「赤目小籐次、そなたらも承知の如《ごと》く浪々の身、だれの指図も受けぬ。要らざる心配でござる」

小籐次の返答はにべもなかった。

「小城藩の能見様の一族が武門の意地に候との言葉を残して、禄を離れられたのは確かにございます。国許のことゆえしかとは事情分りかねますが、分家の鎌宝蔵院流師範能見十左衛門様が後見役になり、五郎兵衛様の遺児、十五歳の赤麻呂どのを頭に能見一家眷属の十三人が小城を離れております。この離藩の背景には、騒ぎの再燃は小城藩の為ならずと佐賀本藩の意を含んで反対なさる家臣と、葉隠の心を貫く武士《もののふ》と密かに応援なさる家臣団の二派に分れての対立がありますが、赤麻呂どのら一行は密かにお城下を離れられました。藩主直尭《なおたか》様の命にて追っ手が出されましたが時すでに遅く、一行は筑前博多から船に乗り込まれたそうにございます」

酒が運ばれてきて、伊丹の話は中断された。

古田が茶碗を銘々の前に配り、

「赤目どのは酒豪と聞き及んでおりますゆえ、茶碗に致しました」

と言った。

「話が先にござる」

小籐次は酒を拒んだ。

酒席を共にして後々で困ることになるのは四人のほうだ。小籐次はそのことを気にしたからだ。

「ならば伊丹どの、話を続けて下され」

伊丹が首肯して、話を再開した。

「その後、赤麻呂どの一行は摂津に上陸して、大坂の藩屋敷の者と密かに会っております。それが十三、四日前のこと……」

小籐次は、東海道を急げば江戸に到着して、過日の暗殺行に間に合うなと推量した。同時に、藩主の困惑をよそに小城藩内には能見一族十三人の行動を密かに応援する家臣が多数いることも推測された。

「一行は大坂で数日滞在なされましたそうな。一族の内、何人かが船酔いなされて体調を崩されたのが原因にございます。そして本日から七日前に大坂を出立なされたとか、早飛脚《はやびきやく》で知らせがございました。赤目どの、未だ東海道を下る最中、江戸に一行が到着していないのは確かにございます」

と伊丹が言い切った。

襲われたのは何日も前のことだ。

十三人の刺客が数日で東海道を走破するのはまず不可能だ。

「先の刺客は小城藩の能見一族ではないと申されるか」

「いかにも」

小籐次は古田に視線を戻した。

「それがし、江戸藩邸を改めて見直してございます。ですが、赤目どのを討とうとする気概を持った家臣など一人として見当たりませぬ」

古田寿三郎の表情は複雑だった。

この四人の中で年上の古田は、小籐次に二番目に襲われた赤穂藩のお先頭だ。

騒ぎの後、江戸藩邸へ急を知らせる使者を命じられ、第三、第四の御鑓拝借騒ぎを目の当たりにすることになる。そして、使者の役を配下に託し、自らの意思で小籐次に食らいついたのだ。

それだけに四家の家臣の不甲斐なさも、小籐次の驚嘆すべき力も十分に承知していた。

「先の騒ぎでそなたに斃《たお》された方々の一族も、亡き者たちの法会《ほうえ》を行うことに専心しております。それは偏に藩主忠敬《ただよし》様のお心のゆえにござる」

小籐次は視線を黒崎小弥太に移した。

黒崎は丸亀藩の行列が箱根関所前で襲われたとき、御鑓先奪還の命を受けて追跡に入った道中目付三人のうちの一人だ。

小籐次を上司の草刈民部、市ノ瀬剛造と真鶴《まなづる》の地に追い詰めた。だが、一瞬にして草刈ら二人を斃され、小籐次の手練《てだれ》の尋常ならざるを、また襲撃者の隠された意図を察して、そのことを道中一行へと告げ知らせに戻っていた。

この若い下級武士の冷静な行動によって、小籐次の襲撃の意図が後々知れるようになっていく。

「赤目様、それがしも正直申し上げます。江戸藩邸では一人の老武者に丸亀藩の面目を潰されて、このまま黙っておるのか、赤目小籐次を討てと憤りなさる方もございました。ですが、ご家老の多門様が江戸屋敷の強硬派を集められ、そなたらの軽挙妄動が藩の存立を危うくすることになる、そなたらが赤目小籐次を討つというなれば、まずこの多門治典を斃して後に行動せえと諫《いさ》められ、騒ぎは終息したところにございます。密かに同志を募り、そなた様を襲う兵《つわもの》がいるとは、それがしには信じられませぬ」

最後に残ったのは臼杵藩の村瀬朝吉郎だ。

朝吉郎は江戸家老村瀬次太夫の縁戚の者で、用人見習であった。

「家中先手六組のうち、番組の丸木総五郎様は心遍流の達人にございます。騒ぎの直後、丸木様が密かに同志を募ったとの噂が流れました。ですが、その動き、江戸藩邸の重役方の知るところとなり、家老水村様に、藩を潰す所存か、どうしてても武士の面目を立てるというならば、臼杵藩を離れてからにせよと激しく叱責なされたそうにございまして、丸木様方の行動は沙汰止みになってございます。わが藩に四人の手練を送り込むなど、勢力が他にあろうとは思えませぬ」

一座に沈黙が漂った。

その沈黙を破ったのは古田だ。

「赤目どの、お聞きのとおりにございます。われら四家、同じ船に乗り合わせた者同士、必死の詮索を試みました。ですが、先の騒ぎの打撃から立ち直っていないというのが実情にございます」

小籐次が小さく呻いた。

「赤目どの、そなたほどの達人、この騒ぎの他にそなたを仇と考える人物に心当たりはございませぬか」

古田が小籐次に反問した。

「お手前方、それがしが伝来の来島水軍流を遣ったのはこの騒ぎが初めてにござる。騒ぎが終われば、それがし、市井にて水軍流を忘れる所存にござった」

今度は四人から溜息が洩れた。

「となると、四人の刺客を送ったはやはり四家のどこかか」

村瀬が呟く。

「そうとしか考えられぬ」

小籐次も応じた。

再び重い沈黙が支配した。

溜息をついた古田が三人の茶碗に酒を満たし、最後に自らの茶碗に注いだ。

空の茶碗は小籐次のものだけだ。

「伊丹どのに問い申す。能見一族の頭領、赤麻呂どのの腕前はいかがか」

「赤麻呂どのは、藩の剣術指南の嫡男として柳生新陰流を幼少より教え込まれておられました。が、なにしろ未だ若年、腕前は目録の域に達したかどうか」

小籐次が頷き、伊丹が問い返した。

「赤目どの、十五歳の赤麻呂どのを斬られる所存か」

「若年であれ、腕前未熟であれ、一行の頭領に就いた以上、死を覚悟なされてのことと考え申す。戦いに憐憫は無用にござる」

「赤目どの、能見一族は小城藩でも武門の家柄、十三人のうち、半数が剣技達者な者にございます。赤麻呂どのを守って必死の戦いになるは必定にございます」

「伊丹どの、一つだけ約定しておこう。それがしの方から十三人の刺客に仕掛ける気はござらぬ」

「十三人が赤目様を襲いしときは反撃をなさる気か」

小籐次はもはや答えない。

長い沈黙の後、古田が、

「伊丹どの、黒崎どの、村瀬どの、われらは無益な戦いを避けるために動く。それでよいな」

と念を押し、若い三人が頷いた。

古田の目が小籐次に向けられた。

「赤目どの、立場は違え、そなた様もわれら四人と同じ船に乗り合わせられた、そう考えてようござるな」

小籐次の答えは、

「酒を頂戴致そう」

というものであった。

古田が小籐次の茶碗を満たし、五人は酒を飲んだ。

小籐次は、ふうっと息を吐いた。

「赤目どの、われらは騒ぎの再燃を望みませぬ。各々の心底は別にして、四家の重役方も同じ考えにございます。それでも中には密かに行動に移す者がおるやも知れませぬ。われらは、なんとしても表沙汰になるのを阻止したい。そのために必要とあらば、そなた様と手を組む」

古田が念を押した。

「もはや考えは述べた。身に降りかかる危難を振り払うだけ。表沙汰にして騒ぎを大きくするなど毛頭考えておらぬ」

「ならば、われら四家に刺客潜みおりし事判明せしときには、そなたに事前にお知らせ致す。その折、われら力を相携えて阻止する。それでようござるか」

小籐次は首肯した。

それで両派の盟約がなった。

新たな酒が注がれ、誓約の印に飲み干した。

小籐次は二杯の茶碗酒を飲んで席を立った。

長居は無用、互いの立場を理解し合ったとはいえ、これが公になって困る立場に追い込まれるのは古田らのほうだ。

東海道に出ると、すきっ腹に飲んだ酒が利いてほろ酔いになってきた。

どこぞでなんぞ食して参らねば、と小籐次は思案した。

長屋に戻り、飯の仕度をするのは嫌になっていた。芝口新町と木挽町《こびきちょう》を結ぶ汐《しお》留《どめ》橋に飯屋があったな、と小籐次は足を早めた。

はたして、煮売り酒屋と飯屋を兼ねた店が三軒ほど木挽町河岸に暖簾《のれん》を下げていた。

小籐次はその一軒の縄暖簾を潜った。

むうっ

とした汗臭い熱気と煙草の煙が小籐次の顔に押し寄せてきた。

屋敷奉公の中間、船頭、駕籠かき、職人らしき男たちが額に汗を光らせながら、酒を飲んでいた。

土間の片隅の壁に寄りかかり、盆を手にしたまま居眠りをしていた小僧に、

「飯を食べさせてくれぬか」

と声をかけた。

「へえっ、できますものは田楽、烏賊《いか》と大根の煮付け、煮鯖《にさば》、豆腐と葱《ねぎ》の味噌汁にございます、へえっ」

と薄目を開けて反射的に答えた。

「烏賊と大根の煮付けに味噌汁に丼飯だ」

「へえっ、お代は四十八文にございます。へえっ」

小籐次は巾着から銭を出して小僧の手に載せた。

酒に酔い、声高《こわだか》に話をする煮売り酒屋で一人黙々と飯を食った。

先の御鑓拝借の騒ぎは、小籐次が仕掛けたものであった。

丸亀藩の参勤下番の行列を襲うことを皮切りに小城藩の御道具を奪い去るまで、四家に先んじて行動し、多勢に無勢の戦いを制した。だが、此度の戦いは相手側

から仕掛けられていた。

今度は小籐次が追われる立場だ。

飯を食いながら、情勢を分析した。

小籐次が不利な点は、
一、未だ四人の刺客の正体を把握していない事
一、能見一族十三人の刺客が近々戦いに加わる事
一、二組の刺客が明るみに出れば、さらに第三の刺客も予測される事
一、小籐次の住まいが少なくとも四人の刺客には知られている事
一、赤目小籐次の武芸の腕を相手がすでに承知している事
だった。

有利な点は思いつかなかった。

先の戦いとすべてが逆転していた。

(どうしたものか)

小籐次が飯を食い終わったのを見た小僧が渋茶を運んできてくれた。

「すまぬな」

「いいんです。どうせ店仕舞いはできませんから」

まだ酔客たちが店内に大勢いた。

(新兵衛長屋を移るか)

刺客の正体を知らずして、小籐次の長屋が知られていた。

だが、新兵衛長屋を立ち退《の》くとなると、久慈屋に生計《たつき》の基となる小舟を返さねばなるまい。となると暮らしが立ち行かなくなる。

折角お客が付き始めたところだ。

長屋を承知の刺客ならば、小籐次の仕事も、そして、どこを回っているかも承知しているのではないか。

一度刺客に襲われただけだ。芝口新町の長屋暮らしを無にするのはなんとも残念至極であった。それに古田寿三郎らと同盟を結んだばかりだ。新兵衛長屋に腰を落ち着け、研ぎ仕事を続けながら、刺客の襲撃に応じることが一番の方策と思えた。

「よし」

腹を決めた小籐次は残った茶を飲み干した。

二

新兵衛長屋への帰り道、神経を尖《とが》らせて刺客の襲撃に備えた。だが、長屋の木戸口まで何事もなく辿り着いた。

長屋の入口から蚊遣りの煙が流れてきて、外仕事の男たちの鼾《いびき》が競い合って響いていた。

小籐次はどぶ板の音をさせないように歩き、一番奥の腰高障子の前に立った。するとと月明かりに、戸口に二つ折りの紙片が挟まれているのに気づいた。

紙片を抜き取り、戸を開く。

部屋の中に変わりはなさそうだ。

小籐次は火打ち石を使って、行灯の灯りを点した。

紙片を披《ひら》いた。

「浜御殿中之御門前」

と紙片には短く書かれてあった。

差出人の名はない。

一瞬、寅岩の萱造が過日の借りを返すために文を置いていったかと考えた。だが、筆跡、文面、そして誘い出す場所が武家だと教えていた。とすると四人の刺客からの誘いではないか。

浜御殿は芝口新町からそう遠い場所ではなかった。

小籐次は行灯を吹き消す前に甕《かめ》の水を柄杓《ひしやく》で飲んだ。そして、最後の一口を次直の柄に吹きかけた。

再び長屋の戸を開けた小籐次は裏手の河岸に回った。だが、小舟の姿は掻き消えていた。

小舟の紛失と誘いの文は関わりがあると思った。ならば、誘いに乗るまでだ。

芝口新町の裏長屋を出た小籐次は堀沿いに浜御殿へと歩いていった。

浜御殿は寛永期（一六二四～四四）、葦《あし》の生えた海浜地で将軍家の鷹場《たかば》として使われていた。

それを将軍家綱が弟の甲斐甲府藩主の綱重に与え、埋め立てられて甲府御浜屋敷と称されるようになった。

宝永元年（一七〇四）、綱重の子綱豊が五代将軍綱吉の養子になって家宣《いえのぶ》と改名し、江戸城西之丸に入ってからは西丸御用屋敷と呼び変えられた。さらに宝永六年（一七〇九）、家宣が六代将軍に就いたとき、幕府直轄地として建物、庭園が整備された。

大手門、中之御門、新銭座門、海手門など枡形《ますがた》門が設けられ、江戸城の出城と下屋敷の役目を兼ねることになっていた。

中之御門は汐留川に向って開く門であった。

小籐次は陸奥会津藩中屋敷と汐留川を挟んで向き合う中之御門に架かる橋に着いた。すると橋下に小籐次の小舟が一艘だけ舫われて見えた。

辺りに人の気配はなかった。

小籐次は小舟を見下ろす汐留川の河岸で待った。

刻限は四つ半（午後十一時）前後か。

蚊に襲われながらも待った。

夜半九つ（午前零時）の時鐘が響き、八つ（午前二時）が過ぎても文の主は現れる様子はなかった。

八つ半（午前三時）の頃合まで待った末に小籐次は諦めて、河岸から汐留川に浮かぶ小舟に乗った。

呼び出しながらなぜ姿を見せないのか。

理由の察しはつかなかった。だが、相手が小籐次の動きをどこかで確かめていたと考えられた。

新兵衛長屋に戻り、井戸端で褌《ふんどし》一つになると桶で何杯も水を被って、体の火照りと気を鎮めた。そうしておいて、寝に就いた。

翌朝、小籐次は朝稽古を休み、仕事に出た。

その日は七本の研ぎをこなし、少し早めに仕事を切り上げて長屋に戻った。仕舞い湯に飛び込むと一日の汗を流して、単衣に着替え、久慈屋に向った。昌右衛門から一度会いたいとの誘いを受けていたからだ。

久慈屋の店頭では何頭もの荷馬の背に菰《こも》包みの紙が振り分けられ、どこかへ運ばれていこうとしていた。さらに人足たちが蔵から菰包みを抱え出し、手代たちが新たな荷馬に積むように手配りしていた。

店の一角では手代の指揮で小僧たちが帳面を作っているのが見えた。

紙屋、紙問屋では種々の紙を売ると同時に、用途に合わせて紙を裁ち、帳面や帳簿を作って、それも商いの品にした。

「おや、赤目様、本日の仕事は早仕舞いですかな」

観右衛門が帳場格子から顔を上げて聞いた。

「昌右衛門どのが御用と申されるので顔を出したが、不都合かな」

「なんの、奥におられます。この騒ぎが一段落しましたら、ご案内申しますでな、しばらくお待ち下され」

「紙と一口に言うが、こうして眺めると種々雑多にござるな」

小籐次は久慈屋の店先を改めて見て、驚いた。

「さようです。和漢色々ございますし、最上紙からちり紙まで多岐にわたります。まず有名なものは美濃紙にございましょうな。書状、目録などに使われる直紙でしてな、紙質が厚いので大層強うございます。そこで書院造りの明かりとりの障子紙などに使われます。続いて、うちの屋号の由来になった西ノ内和紙にございますか」

「西ノ内和紙にござるか」

小籐次はこの名の紙を知らなかった。また、どうして屋号と関わるかも理解がつかなかった。

観右衛門は小籐次が紙に関心を持ったと見たか、急に熱心になった。

「常陸国奥久慈《ひたちおくくじ》辺りで産する紙でしてな、丈夫な上に保存が利きます。さらには水にも強い。水戸のご老公が『本朝史記』(後の大日本史)を編纂《へんさん》なされたときに使われましたので、江戸にもこの名が知れ渡るようになりました」

「久慈屋さんの久慈は、常陸の奥久慈のことにござるか」

「さよう、先祖が久慈の出でございましてな。旦那様や私の一族は未だ久慈に残り、紙造りに携わっております。屋号もそこからきておりますので」

「大番頭どのと旦那様とは縁戚か」

「旦那様は本家筋、私は分家の末にございますよ」

と答えた観右衛門がさらに説明を加えた。

「この奥久慈で作られた紙を西ノ内和紙と申しますが、江戸ではお店の帳面、大福帳に使われていますのでよう捌けます。ああして手代を見習い、小僧たちが糊付けしている帳面は、西ノ内和紙を適宜の大きさに裁ったものですよ」

「紙の大きさも様々のようにござるな」

「半紙は縦八寸、横二尺二寸を二つに折った紙のことにございますよ。昔はこの寸法を二つに裁ったものですが、ただ今では半紙の大きさに漉《す》かさせております」

馬方に引かれた荷馬が残らず出ていき、久慈屋の前は急に広くなった。

「ともかく大高檀紙《おおたかだんし》、奉書紙、日向《ひゅうが》半切、雁皮《がんぴ》紙、山城半紙、岩国半紙、土佐紙、甲州紙、駿河紙、吉野紙と名を挙げていったら、きりがございません。作られた土地によって質も違えば、大きさも異なる。うちでは諸国の紙を扱っておりますでな、数も多い。小僧はまず紙の名を覚えるのに苦労致します」

積み出しが一段落したので、観右衛門の説明も途中で終わった。

「番頭さん、あとはお任せしましたぞ」

観右衛門が一人の番頭に命じて、小籐次を店の中に招き入れた。

二人は店の隅から奥へ延びた土間を通って、家族たちが出入りする上がり框に出た。いわば武家屋敷の内玄関のようなものだ。

小籐次は次直を腰から抜き、手に提げた。

観右衛門に案内された小籐次は初めて久慈屋の奥へ向った。

中庭の周りには廊下が設けられ、さらに奥に進むと店の喧騒が急に消えた。

奥庭には手入れの行き届いた木が夏木立の様相を覗かせ、石が配されて泉水に滝の水が落ちて涼風を生んでいた。

廊下の縁側には金魚鉢が置かれ、軒下には風鈴が吊られて、涼やかな音を響かせていた。

「旦那様、赤目様をお連れ申しました」

観右衛門が廊下から声をかけると昌右衛門が顔を上げた。どうやら書状を認《したた》めていたらしい。

「おお、よう参られましたな」

「御用と伺い、参じましたが、ご多忙なれば出直し申す」

「商人の家の奥がばたつくようでは商いがうまくいってない証しです。その点、うちは大番頭がしっかりしております。主の私は隠居のようなものでしてな、のんびりさせてもらっています」

と昌右衛門が笑い、

「いえいえ、奥で旦那様がどっしりと落ち着いて大所高所から店を見ておられるゆえ、私ども奉公人が気ままに働けるのでございますよ、赤目様」

と観右衛門が応じて、

「私はこれで」

と店に去った。

「まずはこちらにお入り下され」

小籐次は次直を提げて二間続きの座敷に入った。

風が通るように竹障子が閉じられた奥は仏間のようだ。

昌右衛門が茣蓙《ござ》の座布団を小籐次に勧め、

「失礼致す」

と小籐次は慣れぬ座布団に座った。

赤目小籐次は小名の下屋敷に奉公していた三両一人扶持の下級武士だ。座敷に通ることも座布団に座ることも縁がなかった。

「赤目様、うちで固くなられる要はございませぬ。わが家と思うて寛《くつろ》いで下されし」

と笑いかけた昌右衛門が、

「ついでの折にとお呼び立てしたのは商いがうまくいっているかどうかと、つい案じましたものですからな」

「久慈屋どのにはなにからなにまでお気遣い頂き、恐縮至極にござる」

「さようなことはどうでもよろしい」

「まず商いの場所を深川の永代寺、富岡八幡宮界隈に定め、裏長屋から門前町の茶屋などを小まめに回っておるところにござる。商いは、日によって違いがあり、二本の註文しかないときもあれば、十数本の研ぎを頼まれることもござる。それがしの見通しでは半年もすれば、もそっと贔屓《ひいき》の客が増えるのではないかと考えており申す」

「赤目様の研いだ刃物を手にしましたが、あれほどの研ぎは町の研ぎ屋にはできませぬ。見事なお仕事ぶりにございますよ。あれなれば見る人が見れば技の程が分りますでな、近い内に得意先も増えて、仕事も途切れることはございますまい」

と昌右衛門も先行きをこう占い、付け足した。

「うちは紙屋にございます。紙を裁断する折、なまくらの刃物で裁ったのでは使い物にならぬ紙がでます。その点、赤目様の研がれた裁ち小刀は見事な切れ味にございましてな、店でも喜んでおります」

「それは重畳《ちょうじょう》」

「そこで大番頭さんとも話しましてな、五、六日に一度、日を決めて、うちにお出《い》でになりませぬか。久慈屋の店、奥、台所で使う刃物を赤目様に引き受けて頂きたいのでございますよ」

「なんと久慈屋どのの刃物の研ぎを任せて頂けるのでござるか」

「いかがですな」

「有難き幸せに存ずる」

小籐次は頭を下げた。

「それはよかった」

と胸を撫で下ろしたふうの昌右衛門が、

「もう一つの心配事はどうなりましたな」

と聞いた。

「小城藩の能見一族の離藩にござるな」

「さよう」

「未だ能見一族十三人は江戸入りしておらぬということにござる」

小籐次は伊丹から聞いた話を掻い摘んで告げた。

「なんと赤目様を狙わんと、十三人が江戸入りするのは確かでしたか」

と顔色を変えた昌右衛門が、

「私が話を聞き込んだのは小城藩の本家、佐賀本藩の重臣方からにございますよ。小城藩が能見一族を止められないのならば、佐賀本藩から阻止の手を差し伸べさせましょうか。佐賀本藩を中心に蓮池《はすのいけ》鍋島、鹿島鍋島、小城鍋島三家は『三家格式』と申す諸法度で結ばれた仲にございます。本藩の意向には支藩の小城は否《いな》とは申せませぬ」

と言った。

「いえ、うちは佐賀藩の江戸屋敷にも出入りを許されておりましてな、商いを超えた繋がりもございます。惣仕置《そうしおき》の多久茂忠様とは入魂の間柄にございますよ」

佐賀藩は久慈屋から金子の借用をしていることを昌右衛門は遠回しに告げた。

また惣仕置とは佐賀藩独特の言い方で筆頭家老のことだ。

「久慈屋どの、お気持ちだけお受け致す。いえ、十三人の刺客に打ち勝つなどとは増長しておりませぬ。じゃが、武門の意地を貫かんと離藩までなされた一族の方々に、本藩から力を加えて阻止いたすは余りにも惨《むご》い仕打ちかと存ずる」

「赤目様、そなた様が十三人の手練の襲撃を受けるのですぞ」

昌右衛門が呆れたように言う。

「これまでもなんとか切り抜けて参り申した。赤目小籐次が能見一族に襲われて斃れるのであれば、それは天命にござる。それに刺客は能見一族だけではござらぬ」

「なんと申されましたな」

小籐次はすでに四人の刺客に襲われたことや、昨夜には呼び出しがあったことを話した。

「呆れました」

と昌右衛門が答えたとき、膳と酒が台所の女中たちによって運ばれてきた。

大番頭の観右衛門が用意を命じたのであろう。

「肝を冷やしました。酒で鎮めませぬと」

と言いながら、昌右衛門が小籐次と自らの盃を満たした。

膳の上の酒の菜は鯉のあらいやら烏賊と葱のぬたなどであった。

小籐次は昌右衛門が盃に口を付けたのを見て、ゆっくりと口に含んだ。

夏の宵、大店の主と浪々の身の老武者は、盃をやったりとったり酒を酌み交わし、また昌右衛門が訊いた。

「赤目様、どうなされるご所存にございますな」

「久慈屋どの、先の騒ぎはそれがしが仕掛けたもの。此度のことは因果応報、天に唾《つば》したものが返ってきたのでござる。それがしが逃げ隠れしてもどうなるわけでもござらぬ。刺客に襲われしときには、それがしは力のかぎり迎え撃つ覚悟を決めており申す。先にも申しましたが、武運拙《つたな》く敗れるときは天命にござる」

「それでよろしいのでございますか」

「それが武家の生き方にござる」

「理に適《かの》うておりませぬ」

「それがしは三両一人扶持の軽輩にござったが、亡き父から理に適わぬ生き方を骨の髄まで叩き込まれて参り申した。相手様が武門の意地を貫かんと、一家眷属禄を棄てて戦いに臨まれる以上、それがしも武門の意地を守り、受けて立つだけにござる」

「武門とは理どころか、算盤《そろばん》勘定に合わぬものでございますな」

「全くさようにござる」

馬鹿に付ける薬はないという顔の昌右衛門と顔を見合わせ、小籐次は済まなそうに微笑んだ。


久慈屋を出たのが五つ半（午後九時）の刻限だ。

昌右衛門と酒を酌み交わしていると、大番頭の観右衛門がその日の売り上げの報告に来た。

その後、観右衛門も酒席に加わり、深川の研ぎ商いのしくじり話などをして時を過ごした。

小籐次は四合ばかり飲んだか。

大酒飲みの小籐次としてはほろ酔い機嫌の酒であった。だが、頭の芯は冴え渡るように覚醒していた。むろん刺客の襲撃を考えてのことだ。

芝口橋から新兵衛長屋に戻る間、何事もなかった。だが、長屋の戸口に再び誘い文が挟まれてあった。

「愛宕《あたご》権現社社殿前」

小籐次は裏手に舫った小舟を確かめた。だが、小舟はあった。

井戸端で顔を洗い、水を飲んだ。

その足で東海道を横切り、大名家の上屋敷が並ぶ愛宕下大名小路を過ぎて、薬師小路から愛宕下に出た。

夏の闇に蛍が飛び、疎水が流れる音が響いていた。

小籐次は、坂下に立った。

眼前に男坂が、その右手に女坂が社殿まで延びていた。

男坂は長さ京間十五間、幅三間、石段六十八段の急勾配だ。

女坂は長さ二十四間、幅四間から二間、石段九十六段と幾分緩やかだ。

愛宕山に鎮座する祭神は火産霊命《ほむすびのみこと》、罔象女命《みずはのめのみこと》、日本武尊《やまとたけるのみこと》の三神だ。

江戸では火伏せの神として知られていた。

小籐次は息を整えた。

石段の途中で襲われれば足場が悪いのは承知の上で、急勾配の男坂を登り始めた。

次直の鯉口は切ってある。

足運びを緩めることなく、周囲に目配りしながら登っていった。

小籐次は監視の目を意識した。

六十八段の石段を上がりきったところが一番危ないと思った。だが、衝立《ついたて》のような石段の上にだれが潜んでいるか、窺い知ることはできなかった。

最後の数段を上がった。

参道の向こうに石の鳥居が、さらに奥に愛宕社の社殿が見えた。だが、待ち人はいなかった。

小籐次は社殿に参拝すると階段の一角に座して、待った。

愛宕社の南にある切通しの鐘撞堂から打ち出される夜半の時鐘を、さらには八つ（午前二時）の鐘も独り聞いた。

東の空がほのかに明るみ、石段の向こうに大名屋敷の甍《いらか》の波が、さらにはその奥に江戸の海が見え始めたが、この夜も文の主はついに姿を見せなかった。

三

翌日は佃島への渡し場のある鉄砲洲、さらにその翌日には赤坂溜池の馬場へと呼び出された。

小籐次はすでに承知していた。

呼び出しの相手が四人の刺客であることを。そして、小籐次を攪乱《かくらん》し、苛立せるためにこのような誘いの文を次々に投げ入れていることを。

相手は小籐次がこの誘いに乗ることを止めたときには新たな誘いの手を、小籐次が平静を欠くまで続けるであろうことが分っていた。

小籐次はそのことを承知で誘いに乗っていた。

だが、毎夜の呼び出しで小籐次の体に知らず知らずのうちに疲労が蓄積されていた。そのせいで仕事に出かける刻限が遅くなり、時に休まざるをえないときもあった。

そんな日々、小籐次は朝から久慈屋を訪れ、芝口橋下に舫った小舟を仕事場に、久慈屋の刃物の研ぎを始めた。

朝から江戸には茹だるような暑さが襲いかかっていた。

小籐次はまず店で使う紙の裁断用の大小様々の小刀、刃物を預かってくると研ぎ始めた。

研ぎは単純な作業である。それだけに集中しなければ、研ぎがおろそかになり、自らの指先などを傷つけることにもなる。

朝の間、水面にいくらか涼気が漂ううちは研ぎ仕事に集中できた。だが、日差しが強さを増し、水面の温度が上がって、照り返しが破れ笠の顔を照らしつけるようになると小籐次に眠気が襲ってきた。

堀の水に手拭を濡らして顔を拭い、小舟を橋下の日陰にあちらこちらと移動させて日差しを避けたが、眠気はさらに強くなった。

小籐次は堀の水で顔を洗い、濡れ手拭を首に巻いた。

そうしておいて、刃渡り一尺三寸余の大刃の研ぎに精を出した。芝口橋の底に砥石をこする刃物の音だけが響いていた。

視界の先には久慈屋の船着場から次々に荷が運び出され、新たに運び込まれてくる光景が眺められた。

舳先の風車が回っていた。かたかたと回る音が物憂く響く。

四つ（午前十時）の時鐘が鳴った。

船着場の風景がすとんと消えて、小籐次は鐘の響きと風車の音に誘われるように眠りに就いていた。だが、手だけは動かしていた。

どれほど時が経ったか。

ふいに小籐次の腕が何者かに押さえられた。

小籐次が目を見開くと、大番頭の観右衛門が小籐次の顔を覗き込んでいた。

風車の音が戻ってきていた。

「危のうございますよ」

「おっ、これは迂闊なことを致した」

観右衛門が訝しい顔で見ていた。

「赤目様、顔がだいぶやつれておられるようにお見受け致しますが、なんぞございましたか」

小籐次は頬がこけ、無精髭の生えた顎を片手で撫で、

「なんとも無様《ぶざま》のことにござる」

ともう一度言った。

「わけをお話しなされませ」

うーむと返答した小籐次は、このところ深夜の呼び出しが繰り返され、その誘いに律儀に応じていることを話した。

「なんということで」

と呆れた観右衛門が、

「このままでは体が持ちませぬ。なんぞ対策を立てねばなりますまい。じゃが今は少し横になることが先決にございますよ。店の二階で昼寝をなされ」

と誘った。

「いや、仮眠なればこの舟のほうが気楽にござる」

と小舟で休むことを選んだ。

「なあに、半刻も横になれば大丈夫にござる」

観右衛門はなにか考えがあるのか、黙って頷くと河岸に上がっていった。

小籐次は研ぎ上がった刃物や小刀をまず店に届け、小舟に戻ると体を休める場所を作った。胡坐をかくと次直を膝の間に引き寄せ、次直の鍔《つば》元を両手で支えて、眠りに就いた。

たちまち睡魔が襲ってきた。

小籐次が目を覚ましたとき、小舟を小僧の晋松が見下ろしていた。

「小僧さん、何時かのう」

「九つ（正午）過ぎにございますよ」

と答えた晋松に、

「なんと一刻以上も眠り呆《ほう》けたか。して、そなた、そこでなにをしておられた」

「大番頭様の命で見張っておりました。怪しい者が舟に近づくようなれば大声を上げて起こしなされと命じられていたのです」

「なにっ、そなたに大鼾を聞かせる羽目に陥らせたか」

「赤目様の鼾に、つい私も眠りそうになりました」

「気の毒させたな」

「昼餉の刻限にございます。目を覚まされたら台所にお連れするように言われております」

「ならば参ろうか」

小舟から河岸下の石段に飛び移り、晋松と一緒に久慈屋の裏口から台所に入った。すると、大勢の奉公人たちが豆を炊き込んだ握り飯とうどんを、ふうふういいながら食べていた。

「浪人さん、おまえ様の膳はこちらにできているだよ」

女中頭のおまつが広い板の間とは別の板の間を指した。

久慈屋の奉公人でも大番頭や番頭たちが食する板の間だ。

もはや観右衛門らは食べ終えたと見えて、脚なしの折敷《おしき》は一膳だけだった。

具がたっぷり入ったうどんと漬物を菜に、握り飯を三つ食べて落ち着いた。

「おまつどの、お陰様で元気が出た。切れの悪い刃物を預かって参ろうか」

「ならばさ、そこの流しに出してあるだよ」

六本の包丁を抱えた小籐次は、

「馳走になった。うどんの汁《つゆ》がなんとも美味でありました」

「ほう、その顔で世辞も言われるか」

おまつがずけずけと応じ、

「それがし、心無きことは申さぬ性質《たち》でな。なんぞ礼がしたい心持ちにござる」

「ならばさ、おまえ様が拵《こしら》えなさる竹とんぼをひとつくれめえか。うちの正吉に持って帰りたいでな」

この界隈の長屋に所帯を持っているのか。おまつはどうやら通いの奉公人のようだ。

「いと容易きことにござる」

にこりと笑った小籐次は台所から出ていった。

その背におまつが、

「あの爺様、なかなか可愛げがあるでねえか」

と一人呟いた。

一刻余り熟睡したことと、昼餉をたっぷり頂いたことで小籐次の元気は回復していた。

昼前に研ぎ残した店用の刃物と台所の包丁を店仕舞いまでに一気に研ぎ上げた。

刃物と引き物の風車などを持って店に顔を出すと観右衛門に、

「要らざる気を遣わせ申し、恐縮にございました」

晋松の見張りの謝意を述べた。

「少しは楽になりましたかな」

「昼過ぎの仕事のほうができがよろしいかと存ずる」

と刃物を並べた。

その一本の大刃を手にした観右衛門が、

「浩介、そこの小杉を寄越しなされ」

と手代の浩介に命じた。

「はーい」

と畏《かしこ》まった手代が差し出した紙は正しくは小杉原紙と呼ばれていた。白くて柔らかな紙質は杉原紙から作られた小型のものだ。

小杉原紙は、お屋敷や大店の奥向きで鼻紙などに使われた。今でいう鼻紙、ティッシュのことで、安いものではない。むろん長屋の住人などが使うことはない。

観右衛門は大刃を片手に小杉原紙にあてて引いた。すると柔らかな紙が、

すうーっ

と鋭い切れ味で二つになった。

「お見事な研ぎ上がりにございますな」

観右衛門が嘆声を上げ、

「番頭さんや、研ぎ上がった小刀で吉野紙を切ってみなされ、紙の値が一段と上がりますぞ」

と勧めた。

番頭や手代たちが小籐次の研いだばかりの刃物を手に縦八寸、横二尺二寸の紙を半紙に切り揃えて、

「大番頭様、おっしゃるとおり、赤目様の研ぎはまるで違いますな」

と感嘆した。

そんなこんなで奉公人たちが集まり、代わる代わる刃物を手にして、切れ具合を確かめた。

「おお、これは凄いな」

「まるで刀で切るような」

と頻《しき》りに言い合った。

そのとき、表で喚《わめ》き合う声が響き渡った。

「野州無宿矢板の武造、おめえには強盗《おしこみ》と殺しで八州様からお手配が回ってきているんだよ。江戸に潜りこむとはいい度胸じゃねえか、素直にお縄に付きやがれ！」

「岡っ引きの手先なんぞに捕まる矢板の武造じゃねえや！」

その直後、若い女の悲鳴が上がった。そして、久慈屋の店先に三度笠を被り、道中合羽を肩にかけた渡世人が十五、六歳の娘を引きずって入り込んできた。

武造は、通りかかった娘を人質にして捕り方から逃げる算段のようだ。

御用聞きの手先らしい若い衆二人が短い十手《じって》を構えて、久慈屋の戸口に立った。

「手先、この娘の喉を掻き切らせたいか」

五尺七寸のがっちりとした体付きの武造の腰には長脇差が差し落とされていた。

それとは別に小刀が握られ、娘の喉に当てられていた。

武造がちらりと振り向くと、

「裏口はどこだ」

と聞いた。

血走った形相は尋常ではなかった。

「あっ！」

と叫びを上げた手代がいた。

その声に観右衛門が、

「光吉どん、おまえの道具ですか」

と手代に質《ただ》した。

「大番頭様！」

光吉の絶叫がすべてを示していた。

手先たちに声をかけられた武造は、店先に放置されていた光吉の小刀を拾って、通りかかった娘を捕まえ、喉に押し当てているのだ。

「赤目様」

観右衛門が助けを求めるように低い声で呼びかけた。

頷いた小籐次の手には、おまつの子供にと用意した風車やら竹とんぼがあった。

観右衛門が、

「矢板の武造さん、裏口はあちらにございますよ。娘さんにはなんの罪咎《つみとが》もございませぬ、御放しなされ」

と静かに話しかけた。

「うるせえ、娘はおれの命綱だ、そう簡単に手放せるものか。番頭、さっさと裏河岸に舟を回せ！」

「舟に乗る折には娘さんを放すと約定なされますか」

「番頭、駆け引きする暇はねえんだ。さっさとしねえか」

武造は娘を引きずって裏へ向おうとしていた。

「矢板の武造」

小籐次が声をかけたのはその瞬間だ。同時に片手の指で捻《ひね》られた竹とんぼが久慈屋の土間を這うように飛び、不意に、
ふわっ
と浮き上がって武造の顔を襲った。

「なにをしやがる！」

思わず武造が小刀を持つ手で飛来する竹とんぼを払おうとした。

立ち上がった小籐次の小さな体が迅速にも武造と娘の間に割って入った。娘を後方に突き飛ばすと、武造の小刀を持った手首を逆手に取り、
ええいっ
という気合が小籐次の口から発せられた。

虚空に大きな弧を描いて投げ上げられた矢板の武造の体が、土間に背中から叩きつけられた。

五尺そこその矮軀の膝が、叩き付けられた武造の胸を押さえると小刀を奪いとった。

「ち、畜生！」

と起き上がろうとした武造の体は微動もしなかった。

「町方の衆、縄を打たれよ」

小籐次の声に、思わぬ展開に棒立ちに竦んでいた手先二人が武造の体に飛び掛かり、高手小手に縛り上げた。

小籐次が立ち上がったとき、放心していた娘が、

わあっ
と泣き出した。

「ほれ、娘さんを奥へお連れせぬか」

いきなり囚《とら》われの身になって動揺する娘の身を案じた観右衛門が言い、手代たちが抱えるようにして奥へ連れていった。

小籐次は武造が手にしていた小刀を観右衛門に渡した。

「光吉どん、道具を表に放り出したままにしておくから、かような騒ぎになるのです」

と真っ青な顔の手代に厳しい顔を向けた観右衛門が、

「いや、安堵しました。うちの刃物で娘さんの顔にでも傷をつけられることになれば、久慈屋にもお咎めがございましたでしょうよ」

と小籐次に顔を向けた。

「何事もなく、ようござった」

「私がつい赤目様の仕事ぶりを褒めたばかりに、皆の注意がこちらに向きました。光吉ばかりを責めるわけにはいきませんな」

と答えた観右衛門が、光吉に小刀を渡した。

小籐次は土間に落ちた竹とんぼが二つに折れているのを見た。

武造の体の下になって壊れたのだろう。

竹とんぼを拾い上げた小籐次は台所に向った。

「店で騒ぎがあったかや」

おまつが小籐次に聞いた。

「竹とんぼが壊れてしもうた。今日は風車と竹笛で我慢してくれ。明日にも竹とんぼは届けよう」

「そんなことはどうでもいいがよ」

と研ぎ上がった包丁よりも風車に関心を示したおまつが、

「夕餉の菜は精進揚げじゃぞ。持って帰りなされ」

というところに、観右衛門と難波橋の秀次親分が連れ立って姿を見せた。

「赤目様、うちの手先が場所も考えず、いきなり武造に声をかけたせいで、えらい騒ぎを引き起こしました。おまえ様がいなけりゃあ、えらい事になっておりましたよ。観右衛門様に事情を聞いて肝を冷やしたところです。すまねえ、このとおりだ」

御用聞きの親分が頭を下げた。

「親分さん、そのようなことはどうでもよい。成行きでそうなっただけだ」

小籐次は秀次に頭を下げられて、困惑の表情を見せた。

「矢板の武造は野州の在で金に困って強盗を働き、二人を殺した極《ご》悪人でしてな。八州回りも町方も必死で行方を追っていたのですよ。うちの手先の銀太郎が、人相風体が手配と似ているというので町中でいきなり声をかけて、あの騒ぎをおこしちまったんです。なにはともあれ、赤目様、お手柄にございました」

ようやく秀次の顔に笑みが浮かんだ。

「赤目様、親分がそなた様の手助けをなさることもありましょう。この場は相身《あいみ》互いということでお許し下され」

観右衛門が言い、秀次と一緒に囚われの身だった娘のところにいった。

その間におまつから精進揚げを貰った小籐次は、裏口から出ると橋下に舫った小舟に戻り、綱を解いた。

長屋にはさすがに刻限が早いせいか、誘いの文は届いていなかった。

小籐次は商いの道具を片付け、井戸端で米を研いだ。

菜はあるのだ。気楽なものだ。

夕暮れの刻限だが、どんよりとした熱気が支配していた。

小籐次は湯に行くことにして、手拭と湯銭を持った。

「旦那、湯かえ」

隣の住人のおきみが声をかけ、

「近頃、夜遊びが過ぎるようだねえ。どこぞにいい女でも囲ったのかえ」

と笑いかけた。

「おきみどの、浪々の貧乏年寄りが女を囲えるわけもござらぬよ」

「ならば、夜鍋仕事かえ」

「まあ、そんなところだ」

と答えると、どぶ板を踏んで木戸口を出た。

四

仕舞い湯に浸かり、汗を流してさっぱりした。

湯屋を出ると芝口町の町内のあちこちから蚊遣りを焚く煙が漂い、長屋の前に縁台を出して、将棋を指している男たちもいた。

堀から風が吹き上げて、暑さの残る町にかすかな涼《りょう》を送り込んでいた。

小籐次は濡れた手拭を手に夕暮れの町を新兵衛長屋へ戻った。

軒下に井桁《いげた》に組まれた釣忍《つりしのぶ》がぶらさがっている家があった。三原橋近くの小料理屋の女中を勤める後家おこうの軒下だ。

涼味がそこはかとなくどぶ板の上に漂ってきた。

井戸端では勝五郎が諸肌を脱いで体を拭いていた。

「湯にいく暇がなくてな」

「仕事が立て込んでおるようだな」

「忙しいときは飯を食う暇もねえ。暇になると米櫃の底がみえる。満遍《まんべん》なくこねえものかといつも思うぜ」

ぼやきがどこか長閑《のどか》なのは仕事にありついているせいだ。

「おまえさんのほうはどうだ」

「今日一日、久慈屋さんの仕事をした」

「紙問屋ならいくらも刃物はあろう」

「一日では研ぎ上がらぬほどだ」

「そんなお店が一軒あるとなしじゃ大違いだ」

頷いた小籐次は自分の住まいに戻り、戸口を見た。だが、未だ誘いの文は挟まっていなかった。

竈に乾いた杉の葉を、さらに小割を摘んで薪《まき》をくべ、火をつけた。

飯を炊き上げる間、長屋の庭に出て、竹を割った。

このところ引き物の風車を作っていなかった。できることなら、飯の後に夜鍋をしたい気持ちだ。

裏河岸から風が吹き上げてきた。

時折竈の火を調節しながら、飯を炊き上げ、火を消した。

部屋には竈の火の熱さが残っていた。

飯を蒸らす間も外で竹を割った。

四半刻もすると部屋の火照りもだいぶ和らいだ。

「飯に致すか」

独り言を言った小籐次におきみが、

「浪人さん、鰯《いわし》のおすそ分けだ」

と焼いた鰯を一匹くれた。

「久慈屋さんで精進揚げをもらってきたうえに鰯の到来とは、今宵は馳走じゃ」

二品も菜が揃ったのだ。

行灯の灯りを掻き立てて、炊きたての飯をよそい、ゆっくりと食べた。

「誘い文は休みか」

と思いつつ、井戸端に汚れた茶碗と皿を運び、洗った。すると木戸口に足音がした。振り向くと大徳利を提げた小僧が立っていた。

この刻限、大徳利を頼むような住人がいたか、と小籐次が井戸端から立ち上がると、小僧が、

「この長屋に赤目さんという浪人が住んでいますか」

と聞いてきた。

「赤目はそれがしじゃが、そなたはどこの小僧さんかな」

「表通りの灘屋の小僧です。この文をお侍さんに頼まれたんだよ」

どぶ板を鳴らして小籐次のそばまでくると差し出した。

「やはり来よったか」

と呟く小籐次に文を渡した小僧が、さっさと木戸口に向った。

「礼も致さず、相すまぬことであったな」

振り向いた小僧が叫んだ。

「今度うちで酒を買って下さいな。現金掛売りなしですが上酒ですよ」

「灘屋さんじゃな、そう致そう」

小僧が消えて、小籐次は九尺二間の住まいに戻った。

文には、

「石川島人足寄場《よせば》裏一本松」

とあった。

人足寄場は寛政二年（一七九〇）に火付盗賊改め長谷川平蔵の建議で佃島と石川島の間の葦原《あしはら》一万六千余坪を埋め立て、無宿人を収容したことに始まった。

その寄場の南東側、海に突き出すように畑地が広がっていた。

誘いの地はどうやらそこらしい。

小籐次は部屋に筵を敷き、割った竹を削り始めた。無心に風車の羽根を削る。

ひたすらなにも考えることなく小刀を動かした。

四つ（午後十時）の時鐘が増上寺の切通しから響いてきたとき、木戸口に足音がした。

おこうが仕事先から戻ってきた足音だ。

すでに長屋の大半が眠りに就いていた。

小籐次はさらに半刻ほど夜鍋仕事を続け、後片付けをした。

井戸端に行き、前掛けを外して竹屑を叩き、ついでに顔を洗った。

家に戻ると腰に次直と脇差を差して、破れ笠を被った。ふと思い立って風車を懐に入れた。

足音を忍ばせて家を出ると、井戸端でおこうに会った。おこうはこれから遅い夕餉を食べるようだ。

「浪人さん、夜中にお出かけかえ」

「無粋《ぶすい》な呼び出しでな、石川島まで行かねばならぬ」

「この刻限にその格好じゃあ、辻斬りに間違われるよ。もっとも寄場で辻斬りもないか」

口の悪いおこうに見送られて、裏河岸に止めた小舟の櫓を握った。

狭い堀から御堀に出ると風が生暖かくなっていた。どことなく天候の変わり目を思わせる気配だ。

御堀を右手に折れ、築地川へと漕ぎ出した。さらに内海に出た小籐次は海岸伝いに大川河口を目指した。

佃島の灯りが海に浮かんでいた。それを目印に櫓を漕ぎ続けた。

月明かりも星明かりもなく、天を黒い雲が覆っていた。

小籐次は鉄砲洲から佃島へと進路を変えた。

鉄砲洲と佃島の間を潮が流れ、思うように小舟は進まなかった。だが、小籐次はひたすら漕ぎ続けた。

小舟を佃島と石川島の間の水路に入れ、ほっと一息ついた。

寄場の見張り番所の灯りが水面に洩れていた。

右手の住吉社の森を過ぎると、風具合か一旦消えていた潮の香りが再び匂ってきた。

小籐次は寄場裏の畑地に沿って、東へと小舟を進めた。

葦が生えた海岸に波が打ち寄せていた。

埋め立てが始まって二十年余、松など生えているかと小籐次は案じた。それでもひょろりとした松が一本立っているのが海から見分けられた。

小舟をゆっくりと葦原を掻き分けるように進めて、畑地裏に着け、舫い綱を杭に結わえ付けて島へと上がった。

一本松は海岸から二十間も入った小高い岡に生えていた。

小籐次は息を整えると辺りを見回した。

今宵もまた誘いの主は来ている風はなかった。

小籐次は一本松に近付く前に海岸を、畑地を歩いて地形を探ることにした。その後、高さ一間もない岡に上がった。すると寄場の畑地が見渡せることが分った。

寄場の人足たちが畑地で働くときに、寄場奉行支配下の役人たちが見張りに立つ場所なのだろう。

松の周囲の地面はしっかりと固められていた。

小籐次は懐から風車を出して、地面に突き立てた。

海風を受けて羽根がくるくると回った。

小籐次は松の幹を背に腰を下ろし、次直を股の間に挟んで時が来るのを待つことにした。

生暖かい風は湿り気を帯びてきた。さらに波も高くなり、夜空を走る黒雲の動きも一段と激しくなっていた。

その内、小籐次は立てた次直の鍔に両手を重ね、それに顔をつけるようにして眠りに就いていた。

文の主がいつ現れてもいいように意識のすべてを眠りに就かせたわけではなかった。剣者の本能が聴覚だけを覚醒させていた。

破れ笠を叩く音に小籐次は目を覚ました。

ぽつりぽつり
と暗い夜空から雨が降り始めていた。

どれほど眠ったか。小籐次は八つ半(午前三時)と推測した。あと半刻もすれば夜が白み始めるだろう。

風が止み、風車は止まったままだ。

座した姿勢のまま、小籐次は動かなかった。

ただ、待った。

松の枝を伝い落ちて、破れ笠をすり抜けた雨が小籐次の顔を濡らすようになった。風が強くなり、雨が直に小籐次の体を叩くようになった。

風車が激しく回り出した。

島の様子がふいに変わった。

小籐次は松の根元からゆっくりと立ち上がった。

四つの影が北側の海岸から湧き出るように現れ、一本松に歩み寄ってきた。

一文字笠に道中羽織、袴を穿いた姿は過日、小籐次を襲った四人組と同じ顔ぶれだ。

「無益な夜を幾晩も過ごさせおって」

小籐次の口からこの言葉が洩れた。

次直を帯に戻すと、腰を振って落ち着けた。

四人の刺客も羽織を脱ぎ捨てた。すでにその下には刀の下げ緒で襷をかけている者もいた。

「赤目小籐次、恨みを買う覚えなしとは申さぬ。だが、夜な夜な誘い文を届けおって、密かにその様子を眺めておるなど姑息に過ぎる」

四人からはなんの返答もない。

「武門の意地にての戦いなれば名を名乗られえ」

沈黙のままに四人は足場を固めて戦いの仕度を整え終えた。

「讃岐丸亀藩、播州赤穂藩、豊後臼杵藩、肥前小城藩、いかなる家中の方々か、それとも名乗られぬままに死出の旅路に立たれるか」

小籐次の挑発に、

「いずれの藩中にも非《あら》ず」

との返答が一人の口から零《こぼ》れた。意外と年のいった声だ。

「なんと四家の家中ではないとな」

小籐次は予測が外れて、訝しく思った。

「名を聞こうか」

「内藤兵部《ひょうぶ》」

と答えたのに続いて、

「酒井小兵次」

「小笠原権六」

「新渡戸《にとべ》和三郎」

と名乗りを上げた。

小籐次にはいずれの名にも覚えがなかった。そして、この三人はいずれも若い声だった。

「下郎、われらに覚えなしと申すか」

内藤兵部が小籐次に問うた。

「いささかの覚えもなし」

「赤穂藩大目付新渡戸勘兵衛を酒匂川にて斬り棄てた覚えがあろう」

小籐次は御鑓拝借の二番手に赤穂藩に狙いをつけて襲撃した。その折、一人の家臣を斬り斃していた。大目付新渡戸勘兵衛だ。

だが、小籐次は斃した相手の名など今も知らなかった。立ち塞がり、御鑓を守ろうとした者を斃したに過ぎなかった。

「そなたら、赤穂藩と関わりなしと答えられたな」

「ない」

と内藤が答え、

「われら、新渡戸の実弟と従兄弟《いとこ》である。赤穂とは些《いささ》かの関わりもなし。新渡戸一族は武門の誉れ高き家柄。下郎如きに斬り殺されて黙っておる赤穂藩の腰抜けとは違う」

「仔細ようよう納得致した。お相手致そう」

小籐次は次直の柄に手をかけ、草履を脱ぎ捨てた。足場の悪いことを気にして、裸足《はだし》になったのだ。

内藤ら四人も一斉に剣を抜いた。

「内藤どの、尋常の勝負と心得てよいな」

「われら、新渡戸勘兵衛の仇《あだ》を討つのみ」

「参られえ。来島水軍流、お相手仕《つかまつ》る」

年嵩の内藤兵部が小籐次の左から二番目に位置し、高みに立つ小籐次を半円に囲んだ。声からして十七、八歳と見られる、若い新渡戸和三郎が右手の端にいた。

内藤は八双、新渡戸は正眼、残りの二人は脇構えに剣を置いていた。

小籐次は刃渡り二尺一寸三分の次直を抜くと、右手にいきなり飛んだ。

気配もない予期せぬ動きは若い和三郎の予測をはるかに超えていた。だが、それでも構えた剣を突き出した。

小籐次は相手の半端な動きを掻い潜り、内懐に飛び込むと腰から胸に斬り上げていた。

げえっ
立ち竦む和三郎の首筋に虚空で素早く反転した次直が落ちて、血飛沫が雨を染めた。

来島水軍流の流れ胴斬りの一手だ。

和三郎の倒れ込む体を飛び越えて、小笠原権六が小籐次の背を襲った。

小籐次は振り向くこともなく、迎え撃つこともなく、ただ前方へと裸足で走っていた。その行動が小籐次を救った。

間合いを十分に外し得たと確信したとき、
くるり

と振り向いた。
戦いの場から十余間も走っていた。
三、四間手前に形相を変えた小笠原権六が走り来ていた。
剣は右の脇構えだ。
小籐次は次直を左の脇構えに置くと迎え撃った。
一気に間合いが詰まり、右と左の脇構えが車輪に回された。
権六の攻撃は、水平に回された。
小籐次のそれは斜め上へと振り上げられた。
二つの刃が一点でぶつかり、ちゃりんと音を響かせた。
内藤兵部はその直後、空恐ろしい光景を見ることになる。
権六の豪剣二尺六寸は物打辺りで二つに切り割られて、虚空に飛んだのだ。
小籐次の次直はさらに流れ胴斬りへと移行し、脇腹から肩口を深々と斬り裂いていた。
おおおうっ
と咆哮《ほうこう》した権六が、水飛沫を上げる豪雨の地面に顔から突っ込んで転がった。
「おのれ！」

内藤兵部が八双に立てた剣を突き上げて走ってきた。

脇構えの酒井小兵次も続いた。

雨に煙る両者の間合いは十間ほど離れていたろう。

小籐次は振り上げた次直をそのままに走った。

見る見る間合いが縮まり、腰を沈めた小籐次と伸び上がるように立った内藤兵部が互いの脳天へと剣を振り下ろした。

虚空高くから振り下ろされる剣と低い姿勢から振り切られた次直は、雨煙を二つに裂いた。

勝敗は寸余の差で決まった。

次直が兵部の左額から右顎へと斬り込まれ、さらに肩口を襲った。

よろり
と兵部がよろめいた。

次の瞬間、酒井小兵次の剣が小籐次の腰に襲いきた。

小籐次は斜め前方へと転がった。

口中に泥水が入った。

眼も泥水を浴びて視界が閉ざされた。

小籐次はそれでもごろごろと転がった。
小兵次が素早く反転すると、転がる小籐次に迫り、殴り付けるように剣を振った。
小籐次はただ転がり逃げるしかなかった。
だが、片手の次直は離さなかった。
いつの間にか、小籐次の転がる体が一本松の岡の下に来て、動きを止められた。
その戦いを激しく回る風車が見下ろしていた。
雨が小籐次の顔に当たり、泥水を洗い落として視界を幾分蘇《よみがえ》らせた。
勝利を確信した酒井小兵次が、
「赤目小籐次、覚悟！」
と剣を上段に振り翳して詰め寄ってきた。
間合いが詰まった。
小籐次は届かないことを承知で、次直を小兵次の足をなぐように払った。
小兵次は咄嗟に雨の虚空に飛んでいた。剣者の本能がそうさせていた。
それが勝負を分けた。
勝ちを得るためには一歩踏み込み、頭上の剣を振り下ろせばよかったのだ。着地した酒井小兵次の体がぐらりと揺れた。激しい雨に足場が泥田のようにぬかるんでいた。

小籐次に勝機が訪れた。

次直を引きつけ、小籐次の傍らに着地した小兵次の下腹部目掛けて、切っ先を突き上げた。

視界は鈍っていたが、手応えはあった。

次直が小兵次の体の中心を串刺しに貫いた。

げげえぇっ
と絶叫した酒井小兵次の剣が、小籐次の鬢《びん》を掠《かす》めて泥田と変わった地面に落ちた。

小兵次がゆらりゆらりと立っていた。

小籐次は片手で目を拭い、酒井小兵次を刺し貫いた次直を抜いた。すると、もう一度大きく揺れた小兵次の五体が小籐次の傍らに崩れ落ちてきて、激しく痙攣すると動かなくなった。

小籐次はしばらく雨に打たれながら、石川島の一本松の泥田に寝転んでいた。

ただ寝転んでいた。

夜明け前、疲れ切った小籐次は新兵衛長屋の裏河岸に小舟を着けた。よろめくように長屋の敷地へと這い上がると、小籐次の部屋に灯りが点いているのが分った。

小籐次は刃こぼれした次直を再び抜いた。戸口の前に立ち、戸を開いた。すると赤穂藩の古田寿三郎が上がり框に険しい顔で座り、

「赤目どの、四人組の正体が知れました」

と叫んだ。

「遅かったわ、古田どの」

「すでに現れましたか」

古田は小籐次のずぶ濡れ、血塗《ちまみ》れの壮絶な姿に勝敗の行方を察した。そして、

「遅うございましたか」

と無益な問いを洩らした。

第四章　御殿山の罠

一

江戸は秋茜《あきあかね》が飛ぶようになり、新兵衛長屋に出入りする棒手振りの魚屋の盤台には銀鱗《ぎんりん》を輝かせた秋刀魚《さんま》が寝かされ、季節の移ろいを見せ始めていた。

どぶ板を吹き抜ける風にも一時の暑さは感じられなくなっていた。

そんな日々、小籐次は深川界隈を中心に研ぎ仕事に回り、六日に一度の割で久慈屋の刃物を研ぐ暮らしを淡々と続けていた。

小城藩を離藩した能見一族十三人が小籐次の前に姿を見せることはなかった。とっくに江戸入りしているはずであった。それが姿を見せないのだ。

久慈屋昌右衛門が小籐次を呼んで、

「どうですな、小城藩を抜けられた方々が赤目様の周りをうろつく気配がございますかな」

と聞いたのはそんな最中だ。

「大坂を発《た》って二十日はとうに過ぎておる。それが一向に気配を見せませぬ」

昌右衛門はうんうんと頷き、

「ひょっとしたら、佐賀本藩の惣仕置多久茂忠様が小城藩の江戸家老を呼び付けられ、これ以上江戸で騒ぎを起こすな、と命ぜられたことと関わりがあるやも知れませぬな」

と言った。

昌右衛門が筆頭家老の多久と面会し、小城藩の刺客のことを告げて釘を刺したようだ、と小籐次は推測した。

それもこれも武家社会の首ねっこを、江戸の豪商たちが金の力でぐうっと摑んでいる力関係に由来した。

また佐賀本藩三十五万七千石と支藩小城鍋島家七万三千石は、天和三年（一六八三）に制定された『三家格式』という佐賀鍋島四家の武家諸法度ともいうべき規範に従い、結ばれていた。

小城藩にとって佐賀本藩の意向は絶大である。その佐賀本藩江戸屋敷に久慈屋が金子を用立てているとしたら、江戸家老の多久は動かざるをえない。そして……。

「久慈屋どのに無用な気を遣わせ、恐縮至極にござる」

小籐次は頭を昌右衛門に下げた。そして、その帰り道、

(刺客に襲われる暮らしは終わったか)

とちらり考えたものだ。

その夜、長屋の裏河岸に小舟を着けると、堀端に縁台を出した勝五郎らが酒を飲んでいた。その傍らで子供たちが竹笹を立て、短冊や酸漿《ほおずき》を用意していた。縁台には硯《すずり》や墨もあった。

七月七日の七夕《たなばた》祭りが明後日に迫っていた。

昨今の江戸では、七月六日の未明から短冊竹を立てる習慣が広まっていた。新兵衛長屋でも子供たちが集まり、願い事を書いた短冊や酸漿などを竹にぶら下げていたのだ。

「浪人さん、今帰りかえ」

「七夕様の前夜、酒盛りにござるか」

「夏の盛りが過ぎたんでな。虫の声を肴《さかな》に一杯やっているところよ」

勝五郎が風流なことを言い、

「浪人さんも一杯どうだえ」

と誘った。

勝五郎の相手は乾物屋《かんぶつや》の職人の金造にところてん売りの八五郎の二人だ。

二人して仕事が早仕舞いだったと見える。八五郎のほうはところてんの季節が終わり、うどん屋に商い替えする頃合だ。

「井戸端で酒の香がするのを横目に見ているだけでは辛いでのう」

小籐次は商売道具を長屋に運び込むと、井戸端で諸肌脱ぎになって汗を拭き、顔を洗ってさっぱりした。そこへ、

「お待ちどおさま」

と酒屋の小僧が大徳利を運んできた。

「足りねえといけねえからよ。灘屋に頼んだところよ」

と勝五郎が景気のいいことを言い、

「小僧、その辺に置いておきな」

と命じた。

だが、小僧は大徳利を抱えたまま、

「勝五郎さん、だいぶ付けが溜まってますよ。番頭さんに、今日はいくらでもいいから頂いてこい、いくらかでも入れて頂かないと徳利を渡しちゃあいけないって固く命じられてきたんです」

と口を尖らせた。

「酒代なんぞはあるとき払いの催促なしだ。番頭さんによ、よろしく言ってくんな」

勝五郎が小僧の手から大徳利を摑み取ろうとした。

小僧は慌てて小籐次が立つ傍らに飛び下がった。そして、

「駄目ですよ、いくらか入れてくれなきゃあ」

とどぶ板の上で呟いた。

「小僧さん、過日、文を届けてくれたな。その折のことを覚えておるか」

小僧が小籐次を振り向いて、

「灘屋で酒を買ってくれるという話でしたねえ。当てにせずに待ってますよ」

「本日の酒代をそれがしが支払おう」

小僧の手に一分金を渡した。小僧が渡された一分金と小籐次の顔を交互に見て、

「釣り銭はどうします」

と言いながら徳利を小籐次に差し出した。

「勝五郎どのの付けに回しておいてくれぬか」

「へえぃ、ありがとうございます」

急に元気のいい声に変わり、小僧はどぶ板を鳴らして木戸口に走っていった。

「浪人さん、散財かけていいのかえ。長年の付き合いだ、酒屋の付けなんぞはいつでもいいんだよ」

「なあに、本日は久慈屋どのから研ぎ代を頂戴し、珍しく懐が温かいのだ。それにいつもおきみさんから菜のお裾分けをしてもらっておるでな」

小籐次は大徳利を勝五郎に渡した。

「なんだか、海老で鯛を釣り上げた感じだぜ」

小籐次は置かれていた空樽の上に腰を下ろした。そこへ、

「茄子の漬物だよ」

とおきみがどんぶり山盛りの茄子漬を運んできた。別の長屋からも七輪と秋刀魚が運ばれ、井戸端で煙を上げることになった。

子供たちもいつもの夕餉と違い、興奮気味だ。

「お持たせものみてえだが、まあ一杯飲みねえな」

茶碗を持たされた小籐次は、たっぷりと注がれた酒の匂いを嗅いだ。

「これは堪《たま》らぬ香じゃのう」

小籐次は茶碗の縁に口をつけると、くいくいくいと喉を鳴らして一息に飲み干した。

「浪人さん、いける口だねえ。飲みっぷりがいいぜ」

勝五郎が新たに酒を注いでくれた。

往く夏を惜しむ井戸端の宴に女たちも加わり、短冊竹を立て終えた子供と一緒になって賑やかになった。

宴は一刻余り続き、お開きになった。

小籐次は焼いた秋刀魚をあてに酒を二合半ばかり飲み、ひじきと油揚げの炊き込みご飯を馳走になって満腹した。

久しぶりに大勢の人たちと会食した。それも気兼ねのいらない長屋の住人たちとだ。

夜鍋仕事で引き物を作ろうと考えていたが、その夜は短冊竹の笹の音を聞きながら、いつもより早く眠りに就いた。

「浪人さんは豊後森藩のお侍だったの」

「いかにも」

小籐次は訝しさを感じた。

「お屋敷でお金を盗んで追い出されたと言って回っているの。だから、皆も気をつけないとお金を盗まれるって触れ歩いているの」

「おかしな話じゃのう。なぜ研ぎ屋はそれがしが豊後森藩に奉公していたと承知しておるのか」

「浪人さん、なぜお屋敷を辞めたの」

「うづどのは、それがしが金を盗んで屋敷から出されたと思うか」

「ううん。でも、この界隈の人は信じているわ。長屋の住人よ、盗まれるお金もないくせにさ」

うづが苦笑いした。

「一万二千五百石の下屋敷の内証は長屋より悪い。竹籠造りの内職をして、ようよう暮らしを立てているのが実情じゃ。盗まれる金子などどこにもないわ」

小籐次も苦笑いをした。

「そうなの」

とほっとしたうづは無邪気な顔に戻り、

「どうしてお屋敷を出たの」

と聞いた。

河岸にうづの野菜を買い求めにきた女が姿を見せた。だが、小籐次がいるのを見て顔を顰《しか》め、長屋に戻っていった。

「怒らないでね。長屋の住人なんて人が良過ぎて、他人の言うことをすぐに信じてしまうの」

「気になどしておらぬ」

と答えた小籐次は、

「それがしが豊後森藩を出たのは殿のご無念を晴らすためであった」

「殿様のご無念ってどういうこと」

小籐次は行きがかりで、差しさわりのない範囲で御鑓拝借の経緯をうづに述べた。

「ま、待って」

うづの両眼が丸く見開かれ、

「お行列の御鑓先を切り落としたのは浪人さんだったの」

「承知か」

「承知もなにも、あの頃江戸じゅうで持ちきりだったもの。だれもが知っているわよ。そんなお侍さんがお金など盗むわけがないじゃないの」

と息巻いたうづが、

「私、皆に話す」

「待ってくれ。うづどのだから話したのだ。それがしのことを他人に話すのは止めにしてもらいたい」

「いいの、それで」

「構わぬ、いつかは分ろう」

小籐次は、研ぎ屋がなぜ小籐次が豊後森藩の奉公人であったと承知していたか、そのことを考えていた。

「うづどの、研ぎ屋の名前は分らぬか」

「確か与平といったと思ったわ。四十過ぎの酔っ払いよ。研ぎが甘いのも酒毒が回っているからだって評判の職人なの。住まいは竪川《たてかわ》と横川がぶつかる新辻橋近くだと思うな。一度見かけたもの」

小籐次は長屋を回ることを止めて歌仙楼に向った。すると料理人が出てきて、

「浪人さんよ、うちは盗人を出入りさせるわけにいかないんだよ。どこか他所《よそ》を当たりな」

とけんもほろろに仕事を断わられた。どうやら研ぎ屋は小籐次の出入り先をすべて回って触れ歩いているらしい。

「相すまぬことであったな」

小籐次は、門前町の船着場の端に止めた小舟に戻った。

刻限はまだ早かった。

小籐次は小舟を木場の東側の横川へと向けた。

横川は万治年間（一六五八〜六一）に開削された運河で、北は業平《なりひら》橋に始まり、南に向って竪川、小名木川、仙台堀と交差して、木場までの全長一里、川幅二十間の大運河だ。

研ぎ屋の与平は、竪川と交差する新辻橋付近に住んでいると、うづは言った。

小籐次が馴染みのない新辻橋下に小舟を止め、釣り糸を垂れていた老爺に小舟のことを見ていてくれるように頼んだ。

「長いことは駄目だぜ、浪人さんよ」

「長くはかからぬ」

小籐次は継ぎの当たった仕事着に股引、破れ笠を被って腰に脇差のみを帯びていた。

新辻橋の河岸に上がり、番屋を見つけると、

「研ぎ屋の与平の長屋を知らぬか」

と番太に聞いた。

「酔っ払いかい、日暮らし長屋のどんづまりが塒《ねぐら》だ。仕事に出ていると思うがねえ」

教えられた日暮らし長屋を訪ねると、新兵衛長屋に比べようもないほど荒れ放題の長屋だった。何年も、いや建って以来、手入れなどされていないかもしれなかった。

木戸口にしゃがみ込む女に、

「研ぎ屋の与平はどの部屋かな」

と聞いた。

「酔っ払いかえ、今時訪ねてもいねえよ。近頃は珍しく仕事に出ていらあ」

と奥の左手を差した。

小籐次は一応部屋を確かめにいった。

破れ障子に、

「研ぎ師与平」

と墨書されていたが、かろうじて読み分けられるほど薄くなっていた。

女が言うように長屋に人影はなかった。

部屋から食べ物と酒の饐《す》えた臭いが漂ってきた。

小籐次は長屋を出ると、木戸口を見張れる路地の日陰に潜んだ。

背に研ぎ桶を負うた男が長屋の木戸を潜ったのは七つ（午後四時）の刻限だった。しばらく間を置いて小籐次は与平の長屋に戻った。

与平は上がり框に腰を下ろして、一升徳利の口を咥《くわ》え込んで酒を飲んでいた。

「そなたがそれがしのことを誹謗して回る与平か」

一升徳利が下ろされ、荒れた風貌が上目遣いに小籐次を窺った。

「だれでえ、おめえは」

「元豊後森藩赤目小籐次」

「げえっ」

と驚きの声を上げた与平が、

「知らねえ、おめえなんか知らねえ」

と叫んだ。

「だれがそなたに、それがしのことを吹き込んだ」

与平の酔眼が上がり框に置いた道具に行き、どこからか預かってきたらしい出刃包丁に目を止めると右手で鷲掴《わしづか》みにして、小籐次に突き掛かってきた。

戸口の前で小籐次が体を開いた。

突き込んできた与平が敷居に足をとられ、片手に徳利、片手に出刃包丁を持った格好でどぶ板の上に転がった。

小籐次が出刃を握った手首を足で蹴り飛ばした。すると包丁が手から離れた。もう一方の手の徳利は割れたとみえて、酒の匂いが辺りに漂った。

「なんだなんだ」

「どうしたえ」

と長屋の住人が顔を覗かせた。

「騒がせておるな。ちとこの者に尋ねたき事があってな」

と断わると、小籐次の落ち着きぶりに恐れをなしたように住人はただ頷いた。

「与平、そなたに酒代をくれて、それがしのことを吹き込んだ者のことを話せ。話さなくば痛い目に遭わせる法も知らぬではない」

与平がどぶ板の上にしゃがみ込み、割れた一升徳利を悲しげに見た。

「屋敷奉公の中間が金をくれて、おまえのことを話して回れと言ったんだよ。ただそれだけのことだ……」

「屋敷奉公じゃと、屋敷はどこの者か」

「知らねえよ」

と首を振った与平は、

「一度侍が付いてきた。西国訛《なま》りだったな、あれは」

と答え、上目遣いに見上げる与平の顔付きは、なにか思案しているようでもあった。

「おれの知っていることはそれだけだよ」

「それがしのことを吹聴して回る代わりにいくら貰った」

「二朱だよ」

「それがしを売ったお代が二朱か」

なんのために西国訛りの侍と中間は、小籐次から仕事先を取り上げようというのか。

「与平、その者と再び会うようなことがあれば名でも藩名でもよい、聞き出してくれぬか。さすればそなたに酒代を一分渡す」

与平がぽかんと呆けた表情の後、慌てて首を縦に振った。

「また参る」

小籐次は小城藩を離脱した十三人の刺客の仕業かと考えながら、日暮らし長屋を後にした。

二

深川界隈の得意先は、どこも小籐次に研ぎを頼むところはなかった。そこで思い切って場所を変えることにした。

大川を渡ることを止めて右岸を遡《さかのぼ》り、御厩《おうまや》河岸ノ渡しを越えた浅草駒形町に小舟を着けた。

風車や竹とんぼを差せるように藁《わら》で作った枕のようなものを工夫していた。藁枕には竹棒が付けられて担げるようになっていた。

小舟を船着場に舫い、藁すべの枕を担いで河岸に上がった。すると秋風を受けた風車が一斉にからからと回った。

「浪人さん、風車売りかえ」

釣り糸を垂れていた隠居然とした老人が小籐次に聞いた。体付きが細身できびきびとした動きだ、昔は職人の親方でもしていたようだと小籐次は勝手に推量した。

「いや、それがし、刃物の研ぎ屋じゃ。この竹細工はお披露目の引き物なのだ」

「売り物なら孫に買っていこうと思ったがな」

「舟を見ていてくれぬか。その礼に風車と竹とんぼを進ぜるで」

「お安い御用だぜ、せいぜい客を捕まえてきなせえよ。昼飯前まではここにいるよ」

老人が答え、小籐次は安心して浅草寺《せんそうじ》領の駒形町から並木町界隈の裏長屋を回って歩いた。どこも口上を述べると、

「うちには出入りの研ぎ屋がいるよ」

「今は頼みものはないね」

とあっさり断わられた。それでも小籐次は長屋の姉さん株のおかみさんに風車や竹とんぼを渡して、

「竹細工の研ぎ屋をよしなに」

と頼み込んできた。

昼近くまで十何軒の裏長屋を披露目に回り、駒形堂の船着場に戻った。すると釣りをする隠居老人が、

「新規の客はとれたかえ」

と聞いた。

「最初の日からうまくはいかぬな」

小籐次は藁すべ枕に残しておいた風車と竹とんぼを隠居に渡した。

「浪人さんが拵えなすったか」

小粋《こいき》な老人が竹細工のできを確かめて聞いた。

「さよう。なにせ新規の商いだ。こちらの顔を覚えてもらおうと考え出した手でな」

「丁寧な仕事だぜ、とても引き物とは思えねえ」

「ただゆえ、引き物だけはすぐになくなる」

苦笑いする小籐次に、

「ちょいとそこまで付き合っちゃあくれまいか。おまえさんの研ぎの腕が見てみたい」

と釣り糸を竹竿に巻きつけながら老人がいった。

「むろん商いとなれば、どこにでもお供致す」

「今日は腕を見るだけだぜ」

「構わぬ」

小籐次は藁すべ枕を小舟に運び、その代わりに砥石を入れた洗い桶を抱えた。

風車と竹とんぼを手に釣竿を担いだ隠居のあとに小籐次は従った。

蔵前通りを横切ると、老人の手の風車がくるくると回った。

「こいつはほんに細工がいい」

老人が向った先は並木町だが、小籐次が未だ回ってない広小路に近い一角だった。

「ここがうちだ」

と隠居老人が足を止めた表には、

「金竜山浅草寺御用達畳職備前屋梅五郎」

と金看板が下げられた畳屋だった。

「親方、お帰りなせえ」

「今日も坊主ですかえ」

広い土間で仕事をする職人たちが老人に声をかけた。老人は今でも畳屋の親方、当主の梅五郎だった。

「おれは釣りに行ってるんじゃねえや。魚に餌をやりによ、供養に行っているんだ。獲物があるものか」

と答えた隠居は、

「竜、切れなくなった包丁はねえか。ちょっと貸せ」

と仕事用の裁ち包丁を一本、職人に持ってこさせた。

「浪人さん、こいつを試しに研いでくれめえか。見てのとおり、うちは畳屋だ。切れねえ刃物は無用の長物。仕事は頼めねえよ」

「試させてもらおう」

小籐次は表の一角を借り受け、洗い桶に水を貰って砥石を並べた。

「お義父《と》つぁん、魚を釣らずに浪人の研ぎ屋さんを釣り上げてきたの」

若い嫁が上がり框から声をかけた。

「こいつは研ぎ屋さんの引き物だ、太郎坊に土産だ」

と、老人が嫁に風車と竹とんぼを渡したのを横目に見た小籐次は仕事にかかった。

まず畳の縁を裁断する包丁の形状を確かめ、刃先の角度や摩滅具合を目と指先で確かめた後に、小籐次は砥石に向った。あとは、ただ無心に力加減と角度を微妙に変えながら刃物を動かしていくだけだ。

小籐次は最初こそ老人や職人たちに見られていることを意識したが、それもすぐに消えた。

「よしと」

洗い桶の水に包丁をつけて光に翳した。

「ちょいと手に持たせてくんな」

親方の梅五郎が小籐次の手から包丁を取り、刃先を確かめていたが、土間に落ちていた畳表の切り落としを拾い、刃物を当てた。わずかな力ですっぱりと切れた。

驚いたと呟いた梅五郎が、

「神太郎、こいつを使ってみねえ」

と名指しで一人を呼び、裁ち包丁を差し出した。それを手にして神太郎が台に載せられていた畳の縁に刃先を入れた。

ざっくりと刃先が走った。

「お父つぁん、これは」

神太郎が顔を上げた。神太郎は倅《せがれ》のようだ。

「驚いたぜ、おれも」

と梅五郎が倅と頷き合い、

「浪人さん、おまえさんの研ぎ屋の腕を疑ったわけじゃねえが、これほどの業前《わざまえ》とは考えもしなかったぜ」

梅五郎は、そこにいた職人たちに小籐次の研いだ包丁を順繰りに使わせた。

「職人は道具が命だ。手入れを怠った刃物じゃあ、ろくな仕事はできねえ。浪人さんがこれだけの仕事をなさるんだ。おめえら、爪の垢《あか》をもらって煎《せん》じねえ」

と言うと、

「おまえ様は刀研ぎをなさるか」

と聞いた。

「亡き父に、奉公をしくじっても暮らせるように覚えさせられた」

「どうりで切れが違う」

と頷いた梅五郎は、

「名はなんといいなさる」

「赤目小籐次にござる」

「赤目様か、待てよ。この春だったか、柳橋の万八楼で大酒の会があってさ、一斗五升飲んで二席に入られたお方が、なんでも赤目と言わなかったか」

「そのばか者がそれがしにござる」

「なんとも法外なお方と知り合ったぜ」

と感心した梅五郎が、

「気に入った、赤目の旦那。昼をうちで食って、夕方まで仕事をしていきなせえ」

とあっさりと仕事をくれた。


暮れ六つ（午後六時）の時鐘を大川の流れの上で聞いた。

浅草寺から打ち出された鐘の音が暮色を漂わす川面を伝いくる様子は、なんとも気持ちよく小籐次の耳に響いた。

梅五郎は他の職人衆と一緒に昼餉を馳走してくれた後、仕事に使う刃物を研ぎに出してくれた。それればかりか、

「赤目の旦那よ、時折うちにきて仕事をしてくんな。その折さ、職人たちに道具

の手入れを教えてくれると有難《ありがて》えがね」

「容易《たやす》きことにござる」

夕暮れまで仕事をした小籐次は梅五郎から研ぎ賃として一分二朱を貰った。その上、角樽《つのだる》まで土産にもらい、このところ鬱々としていた気持ちが一気に晴れた感じだ。

小舟の艫《とも》に座して櫓を操りながら、片手で角樽の栓を抜き、そのまま抱え上げて飲んだ。

仕事を終え、帰り舟で飲む酒は格別だった。

芝口新町の裏河岸に小舟を着けたとき、小籐次は酒と舟の揺れに気持ちよく酔っていた。洗い桶と砥石と角樽を這うように河岸に運び上げ、自らも這い上がった。

「旦那、ご機嫌の様子だな」

「よい仕事先にありついた。そちらから酒樽まで頂いたのだ」

と角樽を振ってみせた小籐次は、

「あや、一口だけ飲んだと思うたが、いつの間にやら底をついておるぞ」

「呆れたぜ。帰り舟で角樽を飲み干したというのかい。腹も身の内、飲み過ぎだぜ、浪人さんよ」

勝五郎の言葉を背に聞いて、長屋によろめき入った小籐次は、草履を脱ぎ捨てるのももどかしく上がり框から部屋に上がると、高鼾で眠り込んだ。

対岸の深川から浅草門前町に仕事先を変えた小籐次は、三日ばかりその界隈を商いに歩き、備前屋梅五郎の口利きもあって、少しずつだが新たな得意先を開拓していった。

そして、一日久慈屋で働いた後、久しぶりに深川蛤町に戻った。

得意先が直ぐに戻ってくるとは思えなかった。だが、うづの顔を久しぶりに見たいと思ったのだ。

蛤町の裏河岸に小舟を入れると、うづの百姓舟が秋野菜を積んで、すでに商いをしているのが見えた。

「浪人さん、どこで店開きしていたの」

菅笠を被ったうづが手を振った。

船着場に下りて野菜を買っていた女たちも小籐次を出迎えるように待っていた。

「目先を変えて浅草の門前町界隈を歩いておった」

「目先を変えたのは私たちのせいだね」

と女たちを代表するようにおかつが言い、

「あの酔っ払いの口車に乗せられて、おまえ様を疑って悪かったよ。このとおりだ、すまない」

とおかつが頭を下げ、

「うちの錆くれ包丁をまた研いでくんな」

と言った。

「風向きが変わったの」

とうづが言い添えた。

「おかつどの、こちらこそお願い申す」

小籐次はほっとして応じていた。

「それにしても与平のやつ、あっさり死んだものだねえ」

おかつが思いがけないことを言い出した。

「なに、与平が死んだとな」

おかつがうづを振り見た。

「おうづちゃんが教えてくれたんだものね」

「三ツ目之橋の番屋で聞いたの。一昨日《おととい》の夜、飲み屋を出たところで客と喧嘩になり、斬り殺されたんだって」

「なんと無常のことよ」

と答えた小籐次だが、なにか違和感を抱いた。

「で、相手の客は捕まったのか」

「それが逃げたんだって。一人は屋敷奉公の中間だという話よ」

「なにっ、中間とな」

「あの界隈には貧乏御家人の屋敷がたくさんあるもの。捕まえるのはなかなか大変ね」

とうづは屈託なく答えた。

「うづどの、それがし、歌仙楼を訪ねて、仕事がもらえぬか聞いて参る」

「与平の酔っ払いが死んだんだもの。浪人さんは堂々と仕事をするべきよ」

うづに頷き返した小籐次は小舟を出した。

だが、向った先は富岡八幡宮門前町の歌仙楼ではなかった。竪川に架かる三ツ目之橋下に小舟を着けて、火の番小屋を兼ねた番屋に向った。

町役人《ちょうやくにん》が天神机を前にして手持ち無沙汰の顔をしていた。

「ちとものを伺う。一昨日、この近くで研ぎ屋の与平が殺されたそうだが、ほんとの話でござろうか」

「おまえ様はどなたかな」

町役人が聞いた。

「同じ研ぎ仲間でござる」

「仕事仲間かえ。確かに与平は斬り殺されたよ」

「下手人は捕まったか」

「あの酔っ払いだからね、奉行所も十手持ちも本気にならなくてねえ。それにさ、渡り中間じゃあ、もうとっくに本所から逃げ出しているよ」

と町役人が素っ気なく答えた。

「与平はいつも飲み代《しろ》に困っていたはずじゃが、よう飲む銭があったな」

「どうせ人にたかったんじゃないかねえ。詳しく知りたければさ、橋を渡って本所花町裏の煮売り酒屋の瓢箪屋《ひょうたんや》を訪ねるといい」

小籐次は礼を述べると三ツ目之橋を渡り、河岸から一本奥に入った路地に瓢箪屋を見つけた。

この界隈の北側には御家人屋敷が広がっていた。

瓢箪屋は一膳飯屋を兼ねた煮売り酒屋で昼の仕度に入っていた。

ねじり鉢巻の男が今しも砥石と柳刃包丁を手に戸口から出てきた。どうやら包丁を研ぐようだ。

「主《あるじ》どのか、忙しいところ相すまぬ。ちとものを尋ねたい」

「浪人さん、忙しいのが分っていたら他の店を当たりな」

「こちらでしかできぬ相談でな、仕事仲間の与平のことだ」

「与平の仕事仲間だって、仕事は半人前のくせに飲むことだけは一人前以上だったぜ」

「その包丁をそれがしが研ごう。その間に立ち話でよい」

「腕は確かだろうな」

そう言いながらも主の猪吉が砥石と包丁を渡した。

砥石は中砥だ。

「水をもらおう」

猪吉が手桶に水を汲んできた。

小籐次は表口に陣取ると包丁の研ぎにかかった。

猪吉は小籐次の研ぎ具合を確かめて、なにが聞きたいと言った。

「与平はよう飲み代を持っていたな」

「持っているものか。いつもすかんぴんさ」

「ならば一昨日はだれが支払った」

「そりゃあ、与平が長いこと待っていた相手よ」

「与平には待つ相手がいたか」

「そう、黙りこくった勤番侍二人と中間だ。こいつらは初めてじゃないぜ、うちに来たのは」

「侍と中間とな」

小籐次の体に熱いものが走った。

「与平と客との間の話で耳に入ったことはござらぬか」

「三人の客がいたのは短い間でよ。与平と一緒に出ていったからな」

と答えた瓢箪屋の主は、

「そういえば、与平がしつこくおめえさん方の生国《しょうごく》はどこかとか、屋敷の名を教えろと中間に迫っていたっけな。聞こえたのはそんなところだ」

「その中間か、与平を斬ったのは」

猪吉はしばらく答えなかった。

「どうした」

「与平を斬ったのは中間じゃねえ。中間に小阪と呼ばれていた、ひょろりとした連れの侍だ」

「確かか」

「うちの小僧が偶然に川のこっちから見ていたんだ。ひょろりとした方が抜き手も見せずに斬ったのだそうだ。間違いねえ」

「そのことを町方に申したか」

「この界隈じゃあ、見ざる言わざるが長生きの秘訣だ。浪人さんよ、だれにも言っちゃあならねえぜ」

「まったく」

と応じた小籐次は、

「忙しい刻限、手を休めさせて済まぬな。包丁はちゃんと研ぎ上げるでしばらく待たれよ」

と請け合い、猪吉が店に姿を消した。

小籐次は本格的な研ぎにかかりながら、考えに落ちた。

与平は自分を唆《そそのか》した相手を呼び出して唆した事情を探ろうとしたようだ。むろん小籐次から酒代を得ようとしてのことだ。同時に、相手からもなんとか金子をせびり取ろうと考えたのではないか。

そのせいで外に出たところを斬り殺されたのだ。

与平が生国や屋敷の名を迫ったことが、命を縮める結果になった。それは小籐次を窮地に陥れようと与平を使い、中傷を撒《ま》き散らした連中が能見五郎兵衛の一族の、

「十三人の刺客」

の証しではないか。

勤番侍風の男二人は西国訛りを知られぬために無言を通したのだろう。そして、中間が付き添っているということは、小城藩江戸屋敷に協力者がいるということではないか。

柳刃包丁が研ぎ上がり、

「親方、これでいかがか」

と店に持参すると、包丁を確かめた猪吉が、

「おまえさん、なかなかの腕だねえ」

と褒めると、茶碗に酒をなみなみと注いで研ぎ料代わりに差し出した。

三

赤穂藩の古田寿三郎と小籐次は、小城藩の伊丹唐之丞が来るのを宇田川橋西裏の蕎麦屋二荒の二階座敷で待っていた。

刻限は昼下がりの八つ（午後二時）時分、開け放たれた窓の軒下から簾《すだれ》が垂れて、秋の日差しが屋敷町に落ちていた。

「ふーう」

と古田が溜息をついた。

「ちと遅うございますな」

古田を通して伊丹を呼び出していた。呼び出しの刻限は昼の九つ辺りとしてあったが、伊丹はなかなか姿を見せなかった。

「過日はわが藩の関わりの四人が赤目どのを襲い、今また小城藩の刺客が江戸で赤目どのを狙うとなると、先の和解はなんであったかと少々腹に据えかねます」

古田の言葉に小籐次が、じろりと古田を睨んだ。

「いや、一番迷惑を蒙《こうむ》られておるのは赤目小籐次どの。さぞご立腹にございましよう」

慌てて言い繕《つくろ》う古田に、小籐次はなにも答えない。

過日の人足寄場裏一本松の戦いの後始末は赤穂藩が付けた。

小籐次に経緯を聞いた古田は直ちに藩邸に引き返し、新渡戸勘兵衛の縁戚の四人の亡骸《なきがら》を回収していた。

今、新たな難題が二人を見舞おうとしていた。

小城藩を離脱した十三人の能見一族の刺客たちの江戸入りだ。

騒ぎが表沙汰になれば、ようやく鎮まりかけた四家の不名誉が再び取り沙汰されることになる。言うまでもなく一人の老武者に参勤下番の行列を襲われ、藩の体面、旗印ともいうべき、御鑓先を強奪されたことだ。

「それにしても遅い」

と古田が何度目かの言葉を吐いたとき、足音が響いて、伊丹が姿を見せた。

その額には薄く汗が光っていた。

「お待たせ申し、恐縮至極に存ずる」

若い伊丹の口調は緊張していた。

伊丹が着座するのを、古田と小籐次が黙って見ていた。

「古田様の書状、昨夜のうちに落手しましたが、調べに手間取り、ただ今になりましてございます」

伊丹は懐から手拭を出すと額の汗を拭い、直ぐに報告を始めた。

「離藩した能見一族の十三人の江戸入り、われらとて黙視していたわけではございませぬ。六郷河原に昼夜藩士を見張りに立て、捕まえようとして参りましたが、六郷の渡しを渡った形跡もなく、中山道か甲州道中に道を変更して江戸入りしたのではないかとの想定の下に、江戸屋敷に接触がなかったかどうか何度も調べ直しました。その結果、未だ江戸入りせず、どこぞで潜入の時期を窺っておるのではという結論に達したところにございました。そんな最中に、古田様よりの書状にて、すでに十三人の者たちが江戸入りしておるとの報に接し、にわかに藩邸内に衝撃が走りました」

伊丹は一息つくと、

「江戸藩邸の家臣の中に能見一族と関わりある者が二人おります。一代番頭格の南里陣左衛門様、今ひとりは平士の宮路靖彦どのの二名にございます。むろん二人のお長屋は密かに目付の監視下にありました、だが、十三人が接触した様子はございませなんだ。この二人は今朝方、江戸家老水町蔵人様の下に呼ばれ、留守居役、藩目付同席の下に厳しい調べを受けました。ですが、二人して、離藩した十三人から一切の連絡なしと答えられ、南里様は、それがし、能見一族と血のつながりはございますが、今は南里の家に養子に入った身、養家を危うくする行動をとるつもりは毛頭ないと抗弁なされました。またもう一人の宮路どのも、それがし、藩主の直尭様の命に背く気はなしと明言なされたそうにございます。となると十三人は藩邸の者の助けなしに行動しておるか」

「それがしを中傷誹謗して歩く二人の侍には、江戸の地理に詳しいと思える中間が付き添っておりますぞ」

　小籐次が口を開き、伊丹が頷き、話題を転じた。

「当藩の抱え屋敷が南本所、御竹蔵の裏手にございます。当家では、直尭様が御国表におられるときは、全くといってよいほど使われない屋敷にございます。それがし、藩目付と一緒に今朝方より抱え屋敷を訪れ、能見一族が姿を見せた様子はないかどうか、問い質しました。こちらにも姿を見せておりませぬ。ですが、一つだけ手がかりがございました。中間の登美造がこの数日、無断にて暇をとっていることが分りました。この登美造の父親が、亡くなった能見五郎兵衛様のお長屋に勤めていたことが判明致したのです」

小籐次は頷くと、

「それがしのことを吹聴して歩く中間が登美造とみてよいか」

「十三人の者たちは江戸に不案内な者が多うございます。そこで登美造に白羽の矢が立てられた、とわれらは見ています」

「登美造は抱え屋敷に戻ってこようか」

「持ち物を調べましたところ、七両何分か金子を残しております。必ず一度は屋敷に戻ってくると考え、目付が抱え屋敷を見張っております」

と答えた伊丹は、

「離藩した十三人の一人が研ぎ屋を殺したことに藩重臣は慌てておられます。なんとしても早急に所在を見つけ出せ、と抱え屋敷を中心に本所界隈にわが藩の者たちが散っております」

「伊丹どの、小城藩は十三人を見つけ出した暁にはいかがなさるおつもりか」

「綱をつけても十三人を江戸藩邸に連れてこいとの厳命が下されておりますが、すでに町人一人を殺した者たち、素直に言うことを聞くかどうか」

伊丹は深い溜息をついた。

「伊丹どの、十三人の協力者は登美造ひとりにございましょうか」

「さてそこが」

古田寿三郎が問い、伊丹が危惧を示した。

「ともあれ赤目どのもしばしの猶予を下され、お願い申す」

伊丹唐之丞が小籐次に頭を下げた。


小籐次の暮らしは二日深川界隈を回り、次の二日は浅草門前町を商いに歩き、その翌日には久慈屋で仕事をすると順番を徐々に定めていた。

深川でも浅草でも新たな裏長屋の住人たちが一本しか持たない包丁を研ぎに出してくれるようになり、日に十本前後の註文を受けるようになっていた。

この日、浅草界隈で仕事をした小籐次が新兵衛長屋に戻ると、文が届けられていた。

赤穂藩の古田寿三郎からの知らせかと思った。だが、それは思いもかけなかった旗本水野監物家の奥女中おりょうからのものであった。

〈赤目小籐次様　不躾《ぶしつけ》にも文差し上げる非礼お許し下されませ。

赤目様に相談申し上げたき事柄ありて、ご迷惑とは存じますが、
明日八つ半（午後三時）、品川宿御殿山の茶寮吹雪《ふぶき》までお出かけ下さりませ。

お待ち申します。　りょう〉

小籐次は何度も女文字の文を読み返した。

(おりょう様がこの赤目小籐次に助けを求めておられる)

こう考えるだけで小籐次の胸は高鳴った。

同時に、もしや江戸に潜入している能見一族の罠では、という考えが小籐次の頭を過《よぎ》った。だが、いくら用意周到な刺客とはいえ、小籐次の想い女《びと》のおりょうの存在まで知るわけもないと考え直した。また、おりょうの名で呼び出された以上、それがだれであれ、小籐次は出向くと気持ちを固めた。

小籐次は仕舞い湯に行き、体を清めた。

次の日は外仕事に行かず、久慈屋で昼過ぎまで仕事をした。

一度長屋に戻った小籐次は草臥《くたび》れた袴を身に着け、大小を腰に手挟《たばさ》むと破れ笠を被った。

版木彫りの勝五郎が、

「仕事は早仕舞いかえ」

と鑿を振るう手を休めて、声をかけてきた。

「ちと用事が生じて、品川宿まで参る」

「まだ暑さが残っていらあ、夏の疲れが出るのはこの時分だ。日陰を歩いていきなせえよ」

と送り出してくれた。

「そう致そう」

小籐次が木戸口を出て、しばらく経った後、勝五郎は、

(そういえば二、三日前に屋敷奉公の中間が赤目の旦那の長屋で長いこと待っていたが、あいつ、いつ戻ったのだ)

とそのことを思い出した。そして、小籐次の外出は関わりがあるのかも知れないなと勝手に推測をつけ、そのことを忘れた。

小籐次は東海道を品川宿へと、顔の右手から陽を浴びながら歩いていった。

『江戸名所図会』には御殿山のことを、

「この所は海に臨める丘山にして数千歩の芝生たり。殊更《ことさら》寛文の頃（一六六一〜七三）和州吉野山の桜の苗を植ゑさせ給ひ、春時爛漫《らんまん》として尤《もっと》も壮観たり。弥生の花盛には雲とまがひ雪と乱れて、花香《はなのか》は遠く浦風に吹き送りて、磯菜摘む海人《あま》の袂《たもと》を襲ふ……」

と花の季節を激賞している。

秋を迎えようとするこの季節、紅葉狩の時期にはまだ間があった。

小籐次は品川の歩行《かち》新宿の善福寺手前から右に折れて、御殿山へと上がっていった。

この御殿山というのは北品川の小高い岡の総称である。

この起伏の中に料理茶屋やら茶寮がひっそりと点在していた。

小籐次は茶寮吹雪がどこにあるか知らなかった。そこで御殿山の上り口にあった茶屋でその場所を尋ね、御殿山の南奥の高台にあると教えられた。

おりょうが指定してきた八つ半よりも半刻ほど早いようだ。

小籐次は人の少ない御殿山をそぞろ歩いて時を過ごした。

その間にも、おりょうが相談したき儀とはなんであろうかなどと考えに耽《ふけ》りながら、御殿山の岡や谷を歩き回った。

八つ半の頃合、小籐次は茶寮吹雪の門前に立った。

そこは春の花見や秋の紅葉狩の折に足を止めて、情景を楽しみつつ酒や茶を喫する店のようだ。

小籐次は御殿山の奥まった山間《やまあい》に建つ茶寮の門を潜ると、

「こちらにおりょう様と申されるお方がお見えではないか」

と訪《おとな》いを告げた。すると、仲居が小籐次の風体をじっくりと確かめ、

「さようなお方はまだお見えではございませぬ」

と答えた。

「暫時《ざんじ》、待たせてくれぬか」

仲居は帳場に相談した上で玄関脇の小部屋に通した。そこは貴人たちの供部屋で昼下がりでも薄暗いところであった。

秋だというのに夏を生き残った蚊が飛んできた。

小籐次はそれを叩き潰すことなく手で追い払った。

時がゆるゆると過ぎて、茶寮には灯りが点った。どうやらこの茶寮、お忍びで男女が密会する場にも利用されるようだ。

そんなことを考えていると、先ほどの仲居が姿を見せた。

「お客人、お連れはお見えにならぬようですよ。主がこの部屋を空けてくれとのことでしてね」

と追い出しにかかった。

「造作をかけたな」

小籐次は傍らの次直と破れ笠を手にすると小部屋を出た。

部屋を片付ける風で、茶代が置かれていないかどうか確かめた仲居が音高く舌打ちをして、

「あの風体で来る場所を間違っているよ」

と茶代も置かぬ野暮《やぼ》を罵《ののし》った。

小籐次は吹雪の門を出て、御殿山が秋の暮色にすっかりと包まれていることに気づかされた。

おりょうはなぜ来なかったのか。いや、そもそも文はおりょうからのものではないのではないか。となると呼び出しにはなにか企《たくら》みがあってのことになる。

紅葉の間から品川の海が見えた。

どこからともなく集《すだ》く虫の音が響いてきた。

秋の日は釣瓶《つるべ》落としの喩《たと》え、御殿山をさらに濃い闇が覆おうとしていた。

もはや小籐次は文がおりょうのものではなかったと確信していた。ならば早々に御殿山を立ち去るべきだ。

小籐次は足を早めた。

すると品川宿のほうから灯りが山へと登ってきた。

用心のために次直の鯉口を切った。

茶寮吹雪への山路は曲がりくねって狭く、ところどころに擦れ違う人や乗り物のために道が膨らんでいた。

灯りは乗り物を先導する若党の下げる提灯だ。家紋は沢瀉だ。

小籐次は水野監物家の家紋も沢瀉だったことを思い出し、

(やはりおりょう様であったか)

と差し掛かった山路の坂のふくらみに立ち止まって待ち受けた。

木の葉隠れに女乗り物が近づいてきた。

若党の他には従うものはいなかった。

小籐次は片膝をついて乗り物が来るのを待った。

灯りがさらに近づき、坂道を上がる陸尺《ろくしゃく》の息遣いまで聞こえるようになった。

先導の若党が小籐次の姿に気づき、灯りを差し出し、頭を下げた。

「もしや旗本水野家の乗り物にござろうか」

「そなたは赤目小籐次様にございますか」

小籐次の問いに若党が反問した。

「いかにもさよう、おりょう様の乗り物にござるな」

小籐次の念を押す言葉に若党が笑みで答え、小籐次の前で乗り物を止めて陸尺が担ぎ棒を肩から下ろした。
小籐次は平伏すると、乗り物から声がかかるのを待った。
乗り物から香の匂いが漂ってきた。
うーむ
と小籐次は訝しさを感じた。
虫の音がいつの間にか止んでいた。
その瞬間、小籐次の五体に殺気が走った。
顔を上げる前に体が反応していた。
ごろり
と右斜め前に転がっていた。
同時に乗り物の戸を突き破って手槍の穂先が光って突き出された。
小籐次は辛うじて穂先をかわすと、若党が提灯を下げて立つ傍らに片膝をついた。
「おのれ！」
若党の口からこの声が洩れ、提灯を投げ捨てると刀の柄に手をかけた。
だが、小籐次が片膝をついたまま次直を一閃させたのが先だった。

投げ捨てられた提灯の灯りが燃え上がり、御殿山の薄闇を赤々と照らし出した。

刀を数寸抜きかけた若党の胴を、次直二尺一寸三分が深々と撫で斬り、その直後には小籐次の体は横手に飛んでいた。

木立の中から弦音がした。

小籐次はさらに転がった。

短矢がそれまで小籐次がいた場所に二本、三本と突き立った。

小籐次に刃が襲いきた。

二人同時だ。

一人の陸尺が剣を翳して、中腰の小籐次を襲った。

小籐次は次直を引き付けつつ右手に飛んでいた。飛びながら引き付けた剣で相手の腰を斬り割った。

その直後、地面に投げ棄てられた提灯の灯りが燃え尽きて、御殿山は暗闇に包まれようとした。

残光の中に乗り物から転がり出る白い打掛けの女性《にょしょう》を小籐次は目に留めた。

闇に紛れて逃げようとした女の白い衣目掛けて、左手で抜いた脇差を投げた。

その直後、女の絶叫が木霊《こだま》した。

辺りを闇が支配した。

戦いの物音が消え、静寂が戻っていた。

小籐次は血の匂いが漂う山路の一角で片膝をついて気配を消していた。

辺りから人の気配が消え、虫たちが再び秋の調べを響かせ始めた。

小籐次はその場を動かなかった。

四半刻、半刻が過ぎた。

すると月明かりが御殿山に差し込んできた。

そのほのかな明かりに、乗り物とその周りに三人の男女の亡骸が残されているのが見えた。

小籐次は女に歩み寄ると、背中に立った脇差を抜き取った。

女の顔に月光が差した。

おりょうとはまるで違う中年の女だった。その亡骸から死の匂いに混じって麝《じゃ》香《こう》の香が漂ってきた。

小籐次は次直と脇差の血を拭い、鞘に納めた。

立ち去る前に片手拝みに三人の冥福を祈ると、御殿山から品川宿へと降りていった。

四

前日に久慈屋で遣《や》り残した刃物を、堀端に生えた柳の日陰に筵を敷いて研いだ。堀の水面に反射した陽光ももはや夏の刺々《とげとげ》しさはなかった。かえって柳の木漏れ日を通して差す光に懐かしささえ感じた。

昼餉は久慈屋で馳走になった。

再び研ぎ仕事にかかろうとしたとき、古田寿三郎と伊丹唐之丞の二人が前に立った。

朝方、赤穂藩邸に書状を届けて、昨夜の経緯を知らせておいたのだ。

「火急ゆえ、伊丹どのをそなたの長屋にお連れ致しました。長屋の住人に本日はこちらで仕事と聞いて参りました」

古田が小籐次の住む長屋を伊丹に教えたことをまず詫びた。

勝五郎に言い置いて出たゆえ、そのことを告げたのは勝五郎か女房のおきみだろう。

小籐次は伊丹の引き攣《つ》った顔を見上げた。

「昨夜、屋敷を空けた家臣を調べ上げました。だれ一人として欠けた者はございませんでした。ところが、虎ノ御門の中屋敷から一挺の女乗り物が出たことが判明。その者たちを調べますと、藩主鍋島直尭様の後見を任じておられる田尻藤次郎家の御役宅から出たものにございました」

「藩主の一族にござるか」

古田も話を知らぬのか、聞いた。

「直尭様とは叔父甥の関係にございます。江戸勤番にございますが、ただ今は直尭様に従い、国許におられます。小城藩では一族は親類格と称して、お役には就かぬ仕来たりにございます。田尻様は藩主後見として、談合には必ず顔を出されるお方にございます。また先の品川宿の御鑓騒動の後、田尻様お一人が強硬に、赤目どのを討ち果たさねば小城藩の面目なし、と主張なされたのでございます。ですが、本藩の意向もござって直尭様に諫められ、参勤下番の行列に従われ、国表に戻られました。だが、その前に六郷の渡しから田尻様の息のかかった連中を江戸に帰されておいります」

「赤目どのに宛てた四家の江戸家老連署の書状を、黒崎小弥太どのが柳橋の万八楼に持参なされし折に、小城藩の面々が強奪なされようとした事件がござったな」

と古田が聞き、伊丹が頷いた。

「その面々にございます。頭分は能見五郎兵衛様の支配下にあった鵜殿高恭《うどのたかやす》どのらにございました」

「その田尻家の役宅から乗り物が出たのですな」

小籐次に代わって古田が念を押した。

「さよう」

「乗り物は役宅に戻られたか」

いえ、と答えた伊丹が、

「田尻家の家来三ツ木陽介、大鳥百児《ももじ》、それに田尻様の義妹、上屋敷で奥向き御用を勤めておられたお満様の三人が帰邸しておりませぬ」

「御殿山にて赤目どのを襲いし一行は、田尻藤次郎様の妹御のお満様と三ツ木某《なにがし》ら田尻家の家来と見てようございますか」

「藩邸の者が御殿山に急行致し、番屋に運ばれし亡骸と対面しましたが、お満、三ツ木、大鳥の三名の者に間違いないと確かめました」

「十三人の刺客とは別の筋と考えるべきか、合同しておると見るべきか」

小籐次が呟いた。

傍らを久慈屋の手代が通りかかり、三人の様子をちらりと見た。が、黙って店に入っていった。

「それがちと異なことが」

伊丹の顔がさらに歪んだ。

「中屋敷周辺でお国許にあるべき田尻藤次郎様を見かけたという家中の者がございまして」

「伊丹どの、どういうことでござろうか」

古田が詰問した。

「藩邸では当然のことながら、その真偽を疑いましてございます。なにしろ国許にある方が江戸に姿を見せられるわけもございませぬ。ところが、国許に戻られた田尻様、病を理由に藩主お側《そば》の奉公を辞し、領内山代郷にて静養に入られたそうな。以来、田尻様を領内で見かけた者がいないことが、最近江戸入りした藩士たちの言で分りました」

「伊丹どの、直尭様親類格の田尻様が江戸に舞い戻られたと江戸藩邸では考えておられるのか」

伊丹唐之丞の顔が苦痛に歪み、

「十五歳の能見赤麻呂どのを頂く十三人の刺客団の背後に田尻藤次郎様が控えておられるのではないかと、江戸藩邸の重臣方は危惧しておられます」

「なんということか」

古田が言葉を詰まらせた。

「また田尻様には中間の登美造の他、鵜殿高恭どのと武宮寅之助ら藩士数名が同行しておると思われます」

御鎧拝借の悪夢が再び小城藩に、ということは赤穂、丸亀、臼杵の四藩にも襲いかかろうとしていた。

「赤目小籐次どの、江戸家老水町蔵人の伝言にございます。親類格田尻藤次郎の行動、鍋島直尭様の、小城藩の意向に非《あら》ず。そのことくれぐれもご承知おき頂きたいとのことにございます」

「伊丹氏、田尻藤次郎なる者、小城藩を離脱なされたか」

「それが国表に身あるべきによって、その処遇は未だ……」

「親類格の身分を剝奪されし事実なしと申されるか」

「はあ、そのへんが」

「勝手なる申し出かな。未だ藩籍にある身の親類格の田尻様が直尭様に断わりもなく江戸に出て来られて、徒党を組んで離脱した家臣十三人と江戸の田尻家の家来などを指揮されておられる。にも拘《かか》わらず小城藩では藩と関わりなしと申されるか。都合よき言い訳かな。公儀がどう見られるか、いかな判断を下されるか、伊丹氏、いかに」

小籐次が若い伊丹を問い詰めた。

伊丹の顔が紅潮した。

「赤目どの、そなたの心中お察し申す。じゃが、小城藩の江戸藩邸の方々の苦衷《くちゅう》も尋常ではございますまい。小城藩江戸屋敷は、騒ぎの鎮静を必死で考えておられる由《よし》、この点をご理解頂きたい」

赤穂藩の古田が小城藩の陥った苦境を代弁した。

堀端にしばし重い沈黙が続いた。

久慈屋から大番頭の観右衛門が姿を見せて、

「赤目様、お話なれば、うちの座敷を使われませぬか」

と言った。

どうやら久慈屋では、三人の話し合いが路上で続けられるには深刻と見て、その申し出をしたようだ。

小籐次が口を開こうとしたとき、

「久慈屋どの、それがし、播州赤穂藩の古田寿三郎と申す。暫時座敷を借り受けてよいか」

と古田が先に言った。

「こちらに」

観右衛門の言葉に古田が伊丹を目顔で誘った。

小籐次は前掛けを外しながら立ち上がった。

伊丹唐之丞は久慈屋の軒下に掲げられた各藩御用達の金看板に、佐賀本藩鍋島家のそれがあるのを複雑な表情で確かめた。

三人は奥庭に面した座敷で改めて対面した。

観右衛門は古田と伊丹を案内すると、

「茶をお持ちしますでな、ご勝手にお使いなされ」

と言い置いて店に戻った。

伊丹は考え事をしているかのように沈黙を守っていた。

「赤目どのは久慈屋と深い関わりにございますか」

古田がその場の気持ちを解きほぐそうと一旦話題を転じた。

小籐次はじろりと古田を見たが、古田の心底を思い、

「久慈屋どのの家作に世話になる店子、それだけの間柄じゃ」

とだけ素っ気なく答えた。

そこへ娘のおやえ自らが茶を運んできた。

「おやえどの、諸々造作をおかけ申す」

小籐次が深々と頭を下げた。

その様子を訝しんだ古田が小籐次とおやえの顔を交互に見た。

「赤目様はうちの一家の命の恩人にございます」

おやえが古田の表情を察して答えていた。

「命の恩人とは、またどういうことにございますか」

打開の切っかけを摑みたい古田がおやえの言葉に縋《すが》った。

「この春先、箱根に湯治に参りました折に、私どもの一家、銚子口坂で浦賀某なる浪人の山賊団に襲われました。そのとき、赤目様が山賊どもをお一人で退治なされ、私どもの危難をお救い下さったのでございます」

「そのようなことが箱根の山中で」

「はい。あの折、赤目様がおられなければ、私はこの江戸にはおりませぬ。どこぞの遊里に売り飛ばされていたことでしょう」

「なんと、そのようなことがございましたので」

古田は赤目小籐次が丸亀藩の行列を襲う前にそのような人助けをしていたかと、改めて老武者を見た。

小籐次は他人事《ひとごと》のような顔付きで座しているだけだ。

「その後、父が偶然にも江戸で赤目様をお見かけして、改めて赤目様とのお付き合いが始まったのでございます」

おやえが古田寿三郎に言い残すと座敷から出ていった。

茶を啜《すす》る音が座敷にしばらくした後、古田が伊丹を見た。

「伊丹どの、そなたの苦衷、お察し申す。だが、ここは赤目どのにご理解頂くしか方策はござらぬ。藩の内情をわれらに洩らされるは、大変苦痛とは存ずる。だが、先にもわれらは同意した如く、同じ船に乗り合わせた者同士と考えるべきではないか」

伊丹が手にしていた茶碗を茶托に戻した。

「ただ今、江戸藩邸の意見は再び二つに割れております。一つは直尭様のご心中、本藩の意向を察して、藩内において騒ぎを早急に鎮めるという意見にございます。ですが、この意見も能見一族十三人の刺客たちが江戸入りし、さらに親類格の田尻藤次郎様が背後に控えておられるとなると、取り鎮めると申しても尋常の手段ではでき申さぬ」

伊丹は重い息をついた。

「第二の考えは鍋島家の武家心得ともいえる葉隠に従い、肥前の武士《もののふ》として赤目どのを討ち果たして、自らは腹をかっ捌《さば》くと主張するものにございます。この方々は当然、十三人の行動と田尻様の出府を密かに、あるいは公然と支持なされておられます」

どちらにしろ江戸での行動である。公になれば幕府が動くことは間違いなかった。

「今から四十三年前の安永三年（一七七四）、小城藩は有栖川宮織仁親王《ありすがわのみやおりひと》の江戸参府の御馳走役を命じられたことがございます、七代藩主直愈《なおます》様の時代にございました……」

伊丹はふいに話題を変えた。

「この公役を命ぜられた折、藩財政は逼迫《ひっぱく》して九千五百両の費用のうち、二千両しか準備できませんでした。そこで恥を忍んで幕府に七千両の拝借願いを提出したのでございます。御馳走役を終えた後、小城藩は所業不届《ふとどき》として幕府から差控えを命ぜられるという恥辱を経験しております。もし此度のことが公になれば、先の御鎧拝借の騒ぎと合わせて、藩ばかりか、直尭様に厳しい沙汰が下るは必定にございましょう」

伊丹は小城藩の過去まで告げた。そして、小城藩に下される沙汰が御家改易ばかりか藩主の切腹も予測されると示唆した。

「伊丹どの、打開の手はござるか」

古田が聞いた。

「両派の行動を止めるには直尭様のお考えに縋るしかございませぬ。ただ今、三百十三里離れた国許に江戸家老水町蔵人様の書状を持参した急使が走っております。が、間に合うとは思えませぬ」

と伊丹が力なく呟いた。

しばし、また息苦しい沈黙が座を襲った。

その沈黙を破ったのは小籐次だ。

「能見赤麻呂どのを首領にした十三人の刺客の行方、掴めましたか」

「およそ見当がつきましてございます」

「見当とはいかなることかな」

「赤麻呂どのら十三人の一行は、箱根の関所越え、六郷の渡し船を避けて、駿府《すんぷ》清水湊《みなと》から船にて江戸入りしたことを摑みました。江戸入りの後も五百石船の新陽丸を塒にして、時に内海のあちらこちらに移動させているということにございます。おそらくこのような策は田尻様に知恵を授けられてのことかと考えられます」

と答えた伊丹が、

「ただ今、藩邸では目付ばかりか水町様子飼いの家臣を総動員して新陽丸の停泊地を探しているところにございます」

「探し当てられたらどうなさる気か」

伊丹は言いよどんだ。だが、小籐次の厳しい視線に晒されて口を開いた。

「水町蔵人様は十三人の刺客たちを殲滅《せんめつ》すべく江戸藩邸の若手三十人を選び、討伐隊を組織なされました。それがしもその一員に命じられました」

小籐次が頷いた。

「ですが、赤目どの、この動き、能見赤麻呂どのらに心を寄せる藩士たちから洩れている恐れがございます」

「伊丹どの、よう藩内の事情をお話し下された」

と小籐次が答えた。

古田が自問するように、

「御殿山で赤目どのを襲ったのは親類格の田尻様の一統でしたな。なぜ十三人の刺客らは行動しなかったのでしょうかな」

と呟いた。

「おそらく決戦に先立ち、十三人の者たちに赤目どのの腕前を見せたかったのではありますまいか。この次、赤目どのを襲う者がいるとしたら、間違いなく十三人にございます」

「田尻様は妹御と家来を犠牲にして、赤目どのの業前を十三人に教えたといわれるか」

「はい」

伊丹の返答は明白であった。

小籐次はしばし考えた後、前々から心に生じていた懸念を告げた。

「過日、田尻どのらに引き回されたが、その折、それがしの知り合いの名が書状に記されておった。伊丹どの、この一連の騒ぎになんの関わりもなき、そのお方に危害が加えられるようなことがござれば、それがし、もはや四家の立場を斟《しん》酌《しゃく》する気を捨て申す。再び手負いの猪《しし》になる」

小籐次は宣告した。

伊丹が聞いた。

「その相手とは」

小籐次はしばし迷った末に、

「大身旗本の奥女中どのにござる」

伊丹の返答にも間があり、

「赤目どの、なんとしてもその女性《にょしょう》に危害が及ぶ前に田尻様方を捕縛申す」

と険しい声が答えた。

二人を久慈屋の前で見送った後、小籐次は河岸に戻った。

すでに秋の陽は西に傾き始めていた。だが、小籐次は研ぎ残した刃物を最後まで片付けることにした。

半刻余り、小城藩中小姓伊丹唐之丞からもたらされた話を忘れた。ただ刃を研ぐことだけに専念した。

残った刃物を研ぎ終えたとき、小籐次はこう考えていた。辛い立場にあるのは小籐次よりも伊丹唐之丞かもしれないと。なぜならば、伊丹は小城藩の家臣でありながら、小籐次と連携して動かざるを得ないのだ。

十三人の行動を支持する藩邸内の家臣からは、

「裏切り者」

との非難すら浴びせられかねない立場にあった。

伊丹はその行動が小城藩を救う唯一つの途《みち》と信じて、小籐次と面談し、藩の内情をも告げ知らせたのだ。

あとは、小籐次がどう古田寿三郎や伊丹唐之丞の気持ちに応えるかだ。

「赤目様、仕事は終わられましたかな」

道具を片付ける小籐次に観右衛門が声をかけた。

「気遣い痛み入ります」

「なんのなんの」

と答えた観右衛門が、

「旦那様が赤目様と酒を酌み交わしたいと申されておられます」

「昌右衛門どのにも心配をかけ申す」

「そのようなことはよろしゅうございますよ」

小籐次は久慈屋の井戸端で手足と顔を洗い、研ぎ上がった包丁や鋏を台所に届けた。

奥座敷に行くと昌右衛門が、

「よう見えられましたな」

と迎えてくれた。

「気遣い頂き恐縮に存ずる」

「未だ騒ぎは続いておりますか」

「小城藩江戸屋敷を二分する事態に立ち至っておるようです」

小籐次はそれだけ告げた。

「武門の家柄を殊更大切に考える鍋島四家ですからな。赤目様おひとりにきりきり舞いさせられた先の騒ぎを承服できかねる家来衆もございましょう。しかし、下手に動けば、幕府の大目付の目が光っております。軽々《けいけい》には行動なさるまいと思いますがな」

「そうあることを願っており申す」

昌右衛門は小籐次の返答を聞くと小さく頷き、その話題には触れようとしなかった。

庭に灯りが点り、虫の音が響き始めた。

酒の膳が三つ運ばれて、二人はあれこれと季節の移ろいや商いなどを話題にして時を過ごした。

それは理不尽な襲撃を受け続け、孤軍奮闘する小籐次の気持ちを和ませようとする久慈屋昌右衛門の親切であった。だが、小籐次は三つ目の膳が気になり出した。

最初、それは大番頭観右衛門のものと考えた。だが、どうみても上座の膳を昌右衛門は空けていた。

廊下に足音が響き、観右衛門の声がした。

「お出でにございます」

だれか席に呼んでいたのか。

「昌右衛門どの、それがしはこれにて失礼を致します」

「お待ちなされ。本日、赤目様をお呼び止めしたには、ちと理由がございます」

小籐次の視界に一人の武家が見えた。

観右衛門に案内された人物は恰幅《かっぷく》といい、召し物といい、挙動といい、かなり高い身分であることを示していた。

四十歳前後の武士は部屋に入ってくると昌右衛門に目顔で挨拶し、空いていた席に着いた。

案内役の観右衛門は店に下がった。

部屋に三人だけが残った。

小籐次は汗じみた仕事着であった。

だが、新たな客は小籐次の風体などに斟酌することなく笑いかけた。

「久慈屋、四家を慌てさせた赤目小籐次とはこの御仁か」

「さよう、私の命の恩人にございますよ」

と応じた昌右衛門の視線が小籐次に向けられ、

「肥前佐賀藩三十五万七千石江戸屋敷御頭人（留守居役）姉川右門《あねがわうもん》様にございますよ、赤目様」

と紹介した。

なんと昌右衛門は小籐次に、佐賀本藩の重臣と面会させた。

「いえ、他でもございませぬ。これ以上、江戸で騒ぎが続きますと赤目様ばかりか、佐賀本藩にも迷惑がかかりますでな。お節介とは思いましたが、お引き合わせ致しました」

この夜、小籐次が久慈屋を出たのは五つ半（午後九時）の刻限であった。

第五章　小金井橋死闘

一

緊張をはらんだ、だが、表面上は静かな日々が戻っていた。

小籐次は深川の蛤町の裏河岸に小舟を止めて研ぎ仕事に回り、うづと顔を合わせては世間話をして時を忘れた。

小籐次は豆を炊き込んだ握り飯をもらった礼にと、うづをときに二八蕎麦屋に誘って、しっぽく蕎麦などを馳走することもあった。

その日、うづと別れた小籐次は久しぶりに富岡八幡宮の船着場の端に小舟を舫い、引き物の風車を手に新たな得意先の開拓に回ろうとした。

その瞬間、尖った視線を感じた。

小籐次は破れ笠の縁を上げて、秋の日差しを見上げるふうを装い、辺りを見た。

だが、殺気がどこから放たれるものか、分らなかった。

佐賀藩の御頭人姉川右門と対面して以降、赤目小籐次の身辺には穏やかな暮らしが何日か続いていた。

伊丹唐之丞からの連絡もない。ということは、小城藩では田尻一派や十三人の刺客の捜索に苦労しているということだ。

姉川は、小籐次が四家の御道具を奪い取る因になった豊後森藩主久留島通嘉との関わりから、行動を起こすにいたった動機を聞き、さらに四家を襲ったときの騒ぎの模様からその後の対立と戦いの数々、さらには赤穂藩の古田寿三郎ら若い家臣たちが和解に奔走したことなどを詳しく聞き取った。

姉川は明晰な頭脳の持ち主とみえて、壺を心得た質問をして、騒ぎの全容を聞き取ると、

「赤目どの、そなたの通嘉様への忠義心、ほとほと感服致した。文化の世にかようにも腹の据わった御仁がおられるとは考えもせなんだわ」

と感想を述べ、言葉を継いだ。

「じゃが、そなたの行動が此度の騒ぎを誘発したことも確か」

小籐次はただ首肯した。

「小城藩の家臣の一部がそなたを付け狙う理由は武門の意地であろう。肥前の鍋島一族は葉隠と申す武士の心構えを大事にする土地柄でござってな。とは申せ、それがし、この行動を推奨しておるのではない。この時代に江戸で騒ぎを起こせば、いかなることに相なるか。長年、佐賀藩の留守居役を勤めるそれがしは推察がつく。なんとか能見一族のそなたへの武門の意地を止める途はないかと考え、久慈屋の誘いに乗った」

昌右衛門が軽く頷いた。

「本藩佐賀と小城鍋島は『三家格式』と申す武家諸法度によって密なる繋がりも持っておる。本藩の意向は支藩の規範となる。だが、離藩して行動を貫こうとする連中にはなんの役にも立たぬ。能見赤麻呂らが今信じておるのは、武士道とは死ぬことと見つけたりと考える葉隠の教えでござろう」

小籐次は相槌《あいづち》を打った。

姉川はしばし沈思した後に言った。

「赤目どの、佐賀本藩になにができ申すか動いてみる。そなたには無理な註文かもしれぬが、できるかぎり戦いを避けてくれ」

「十三人の刺客に襲われしとき、逃げよと申されるか」

「そなたの心持ちひとつ、それがしにそれ以上のことは申せぬ」

とそれが姉川右門の最後の言葉であった。


天高く澄み渡った秋空が広がっていた。手にした風車が、からからと音を立てて回った。

「浪人さん、探していたのよ」

という声が船着場の一角からした。

見れば門前町の料理茶屋歌仙楼の女将のおさきが立っていた。

「お久しぶりにござる、女将どの」

「うちの料理人が噂話に惑わされてつまらないことを言ったんだってねえ、ごめんなさいよ。後で聞いてきつく叱っておいたわ、許してね」

「いささかも気に留めておらぬ」

「野菜売りのおうづちゃんに浪人さんのことを聞いて、わたしゃさ、なんとか謝ろうと考えていたところさ。包丁を用意しておくから後で研ぎにきて」

「お願い申す」

破れ笠を被った頭を下げた小籐次は、おさきと別れると裏長屋を披露目に回った。そして、引き物がなくなったところで小舟に引き返した。すると、小舟に砥石を重石《おもし》代わりにした文が残されていた。

封を披《ひら》くと、

「赤目小籐次の命申し受け候」

と一行あった。

小籐次は手紙を元に戻し、懐に仕舞うと何事もなかったように仕事の道具を洗い桶に入れた。

この昼下がり、歌仙楼の包丁十二本を研いで、女将に二朱の労賃を貰った。

船着場に戻ると、小舟にまた訪問者の形跡があった。

大根二本が置かれてあった。

うづが売れ残った品を小舟に置いていってくれたものだ。

小舟に道具を戻した小籐次は櫓を握った。

新兵衛長屋に戻ると井戸端に女たちがいて、夕餉の仕度を始めていた。

「旦那、皆で棒手振りから鰯を買い込んだからさ。旦那の分もとっておいたよ」

「大根おろしに鰯を焼けば、夕餉の菜ができるな」

小籐次は大根二本をおきみに渡した。

「あっ、そうそう。いつかも見えた侍が長屋に文を残していったよ」

「一人か二人か」

「一人だよ。若い方の侍だ」

伊丹唐之丞のようだ。

長屋の戸口を開けると、上がり框に書状があった。

洗い桶を狭い板の間に置いた小籐次は書状を手にした。差出人はやはり伊丹だ。

戸口に立った小籐次は封を披いた。

〈赤目小籐次様　昨日、それがしの長兄、当藩留守居役伊丹権六が佐賀本藩江戸屋敷に呼ばれ、御頭人姉川右門様と会談致せし次第報告申し候。

姉川様は小城藩に対し、能見赤麻呂ら十三人の刺客江戸潜入許し難し、早急に小城藩の力で始末を付けるべしと厳命なされ、また親類格田尻藤次郎様、直尭様に許しを得ずしての上府なれば、早々に身柄拘束の上、国許に送り返すべしと忠言なされしとか。

この二件、小城藩にて始末付けられぬ時は本藩にて代行致すと明言なされ候。

その猶予を本日より三日と限られ候由。

当家江戸家老水町蔵人様は本藩が動くようでは小城藩の面目丸潰れ、なんとしても解決に尽力せよと藩邸の大広間に在府の家臣団を集めて厳命なされたうえに、もし田尻様と密計せし者、能見一族に手助け致せし者は藩重臣とて御家改易、切腹のきつき沙汰あらんと宣告され候。
兄の話によれば、姉川様は赤目様に面談の上、先の御鎗騒動の経緯を聞き取りなされたとか。
幕府の大目付の介入も脅威なれど、本藩の口出しもまた小城藩にとって恥辱以外のなにものでもなし、なんとしても二つの難題を当家の力で処置いたす所存、赤目様にはしばしの猶予を頂きたいと兄より伝言に御座候。
さて、お手前に十三人の氏名、流儀をお知らせ申し候。
頭分　能見赤麻呂（十五歳）柳生新陰流目録
後見　能見十左衛門（四十六歳）鎌宝蔵院流槍術指南
配下　戸田求馬（二十九歳）戸田流剣術免許皆伝
　　　能見一蔵（年齢不詳）棒術指南
　　　鹿島陣五郎（三十三歳）柳生新陰流免許皆伝
　　　浜岡笙兵衛（五十四歳）雪荷流弓術皆伝

篠田郁助（二十五歳）一刀流
酒井弁治（三十一歳）林崎流居合
打越角兵衛（四十歳）柳生新陰流（能見五郎兵衛門下）
内方伝次郎（二十九歳）柳生新陰流（能見五郎兵衛門下）
山中英輔（十九歳）柳生新陰流（能見五郎兵衛門下）
御手洗菊次郎（二十七歳）八幡流免許皆伝
小阪半八（二十三歳）八幡流目録

以上に御座候。

それがしも能見赤麻呂一行の討伐隊の一員として江戸を走り回る所存、なにとぞ暫時の猶予を賜らん事を願い候。　伊丹唐之丞〉

小籐次は書状を元に戻した。

研ぎ屋の与平を殺したのは小阪某だと飲み屋の亭主が証言してくれた。その小阪の名が十三人の刺客の中に入っていた。

小阪半八、八幡流目録の腕前だ。

ようやく十三人の刺客の朧《おぼろ》な影を摑みえたと小籐次は思った。

此度の一件は小籐次から仕掛けたものではない以上、

「待て」

と命じられれば待つのみだ。だが、刺客が襲いくるようであれば、身に降りかかる火の粉、応戦するのみだと覚悟を改めて決めた。

「旦那、米を研がなくていいのかえ」

おきみの声に、

「おうっ、今参る」

「鰯は焼くからね」

「相すまぬ」

小籐次は米櫃の蓋を開けた。


翌日、小籐次は朝から浅草界隈を回った。

朝の間に仕事を得たのは鋏が二本だけだった。

昼餉代わりに蕎麦を食した後、畳職の備前屋を訪ねた。

「おおっ、待っていたぜ」

梅五郎親方が迎えて、すでに研ぎに出すように用意していた刃物を出してくれた。

「真に有難いことでござる」

小籐次は備前屋の軒先を借りて仕事場を設《しつら》えた。

筵に砥石を並べ、水を入れた洗い桶を置けば仕事場はできた。

竹棒の先に付けた藁すべ枕に風車や竹とんぼや竹笛を立て、研ぎ屋の看板にした。仕事を始めてすぐに、横丁に住む子供が回る風車に引き寄せられたように集まってきて、男の子が、

「研ぎ屋さん、この風車は売り物か」

と大人びた口調で聞いた。

「研ぎ屋披露目の引き物でな、本来なれば研ぎを頼んでくれた方にお渡しするのじゃが、本日は格別に無料だぞ。この次はおっ母さんに願って、包丁を研ぎに出してくれぬか」

一人ひとりに風車や竹笛などを渡した。

「赤目様、それでは商いになりませんや。この近辺の裏長屋の餓鬼だ。仲間を集めて押しかけて来ますぜ」

と梅五郎が苦笑いした。

親方のご託宣どおりに十数人の仲間を連れて戻ってきた男の子は、

「研ぎ屋の爺様よ。こいつらにも引き物渡してくれねえか。その代わりにさ、披露目に回ってやるからよ」

と言い出した。

小籐次は風車が人数分あるかどうかを数えた上で、

「年少の者から順に並べ、喧嘩はならぬぞ」

と言いながら並ばせ、一人ひとりに竹細工を配り、

「おっ母さんに腕のいい研ぎ屋だと宣伝してくれよ」

「これこれ、二本も持っていってはならぬ」

などと言いながら、配った。

引き物はあっという間になくなった。

「ほれ、言わんこっちゃあねえや」

もらった途端、備前屋の表から姿を消した子供たちの背を見送りながら、梅五郎が言った。

「あのうち一人でも客になってくれるとよいのだがな」

「赤目様、まだ商いが甘いですぜ」

梅五郎が苦笑いし、研ぎ仕事を始めた小籐次の傍らに縁台を引き出して座ると、

煙草を吸い始めた。そうしながら、小籐次の仕事ぶりをうれしそうに見詰めた。

「お父つぁんの仕込みがいいんだねえ。仕事に隙がねえや」

「種吉、おめえの使う道具はいつもいい加減な研ぎだ。こっちにきて、赤目様の手先を見ねえ」

などと言いながら煙草を吸った。また裏通りを往来する顔見知りに、

「伊勢屋の女中さんよ、腕のいい研ぎ屋だぜ。贔屓《ひいき》にしてくんな」

「ほれ、大工も道具が命だ。八公、おめえの道具箱をここに下ろして見せねえ」

と声をかけてくれた。

備前屋の刃物の研ぎが一段落すると梅五郎は自ら陣頭指揮して、職人たちに普段使う砥石と道具を持ってこさせて、小籐次の前で研がせた。

「それでは刃先が立ち過ぎだ。もそっと砥石の面に平らにしてくれ。そう、角度は銭一枚が入るかどうかだ。それで研いでみよ」

「息を吸い、吐きながら、刃物を引き、押すのだ。動きは常に同じに保たれよ。

おう、その呼吸だ」

「研ぎは根気仕事、倦《う》まず弛《たゆ》まず無心に体で刃先を動かすのだ」

などと言いながら、職人たちの研ぎの欠点を指摘して直させた。

「親方どの、さすがに親方の弟子にござるな、飲み込みが早い。この分なれば、それがしが手を出さずとも弟子方で十分にできるようになります」

「まあ、そうおっしゃらず入魂の付き合いをお願いしますぜ」

梅五郎がそう言ったとき、備前屋の前に一人の女が立った。

「先ほど風車をくれた研ぎ屋さんとは、おまえ様か」

女は質素な縞模様を着ていたが武家言葉だった。二十七、八歳か。整った顔立ちの女だった。

「内儀どの、それがしにござるが、ご迷惑であったかな」

女の顔にはまさか研ぎ屋が侍とは、という驚きが見えた。

「なんの迷惑がございましょう。引き物の風車を娘がもらった礼にございます。この包丁を研いで下され」

出刃包丁を袖の下から出した。

あの子供たちの中に侍の娘が交じっていたと見える。

「わが亭主が風車の見事なできに感心致しまして、礼を言うてこいと申したのでございます」

「内儀どの、有難きお言葉に存ずる。心して研がせて頂きましょう。研ぎ上がったら届けますで、お住まいを教えて下され」

受け取った包丁は柄がだいぶぐらついていた。

「越後屋様の家作、お質屋長屋にございます」

という答えに梅五郎が、

「内儀、わっしが長屋を承知だ。大根でも魚でもすっぱり切れるように研ぎ上がった包丁が、夕暮れまでには届きますぜ」

と小籐次の代わりに請け合った。

女は会釈すると消えた。

「陸奥浪人の内儀でねえ、夫婦二人で内職をしながら生計《たつき》を立てておられるのですよ。赤目様の差し上げた風車を気にしてわざわざ研ぎに出してくれたんだねえ。さすがに人の上に立つ侍さんだ。同じ長屋暮らしとはいえ、だいぶ他の住人とはできが違うな」

梅五郎は妙に感心した。

小籐次は職人たちと一緒になって頼まれた出刃包丁を研ぎ上げ、ついでにぐらついた柄も修理した。

その手元を職人の一人が見て、

「浪人さんの研ぎはよ、砥石に刃先がぴったりと吸い付いていているぜ。こちとらは吉原に行くときの尻と一緒でよ、ふわふわと浮いていらあ」

「留の馬鹿野郎、女郎買いの腰付きと研ぎを一緒にするねえ」

と親方に叱られた。

小籐次は研ぎ上がった出刃包丁を持ち、梅五郎に教えられたお質屋長屋に届けた。

すると長屋の門口で、からからと小籐次の作った風車が回っていた。

「こちらでござろうか、出刃包丁の研ぎを頼まれたのは」

腰高障子が開き、先ほどの女と三十前後の浪人が塗り笠の内職に精を出していた。

「ご丁寧に申し訳ございません」

先ほどの女が内職の手を休めて立ってきた。

「研ぎ賃はいくらにございますか」

「内儀、本日はお披露目にござる。お代はこの次から申し受ける。今後ともよしなにお付き合いをお願い申す」

女の手に包丁を渡すと小籐次は引き返そうとした。すると、

「待たれよ」

という声が亭主からかかり、

「互いに商いにござれば、ただというわけにはいかぬ。そなた様の笠、それがしに一日預けてはくれぬか」

と言った。

「この破れ笠を修理なさると申されるか」

「明日にはきちんとした笠にしておく。それで包丁の研ぎ賃の代わりにして下されし」

「願おう」

小籐次は破れ笠の紐を解くと女に渡した。

二

新兵衛長屋に小舟を着けると待ち受けている者がいた。

塗り笠を被った赤穂藩お先頭の古田寿三郎だ。

「赤目どの、ちとご足労願えますか。伊丹どのから、それがしを介して連絡がございました」

小籐次が古田の顔を正視した。

「田尻どのらの江戸での隠れ家《が》を突き止めたとのことにございます」

「うーむ」

小籐次は急ぎ、研ぎ道具を長屋に運び込んだ。

そのとき、大瓢箪が目に入った。それを腰に提げ、茶碗を二つ懐に入れ、菅笠を手にした。

矮軀の腰に大きな瓢箪をぶら下げた奇妙な格好を古田が目を丸くして見たが、なにも言わなかった。

「どちらかな」

「源森川《げんもり》にございます」

「ならば小舟で参ろうか」

修理を終えた菅笠を被った小籐次は、繋ぎ止めたばかりの小舟に古田寿三郎を誘った。

包丁の研ぎ賃の代わりに小籐次の破れ笠を手入れすると申し出た陸奥浪人佐々重太郎は、約束どおりに内職で使う菅を惜しみなく使い、しっかりと糸で縫い合わせ、紐も新しいものに替えて修理を終え、待っていた。

「包丁の工賃どころではない。造作をかけた」

「それなれば、また一、二年は使えよう」

「ときに顔を出してよいか。その折に包丁を研がせて頂きたい」

「入魂のお付き合いを願えますか、赤目どの」

備前屋の梅五郎に聞いたか、佐々は小籐次の姓を呼び、にっこりと笑ったものだ。

新兵衛長屋の裏河岸を離れると、暮色の秋空にあちらこちらから炊煙が立ち昇っていた。

御堀から築地川へ、屋敷の塀越しに見える庭木も秋の気配を見せて、色づき始めたのもあった。

海に出ると、沖合いに何艘もの千石船が帆を畳んで仮泊しているのがあちらこちらに見えた。

舳先の風車が、
からから
と勢いよく回り始めた。

河岸沿いに鉄砲洲と佃島の間の狭い海に入れ、上げ汐《しお》と川の流れがぶつかる大川河口を乗り切って、小籐次はほっと一息入れた。

塗り笠の下の古田寿三郎の顔は険しかった。他藩の騒ぎだけに慎重にならざるをえない。

小籐次は櫓を漕ぐことに専念して、こちらも口を開かない。

荷足り船や材木を組んだ筏《いかだ》の波を気にしながらも、永代橋、新大橋、両国橋を潜り、御厩河岸ノ渡し、竹町ノ渡しを越えて、吾妻橋下を抜けた小舟は右岸から左岸へと流れを斜めに突っ切った。

源森川は万治年間（一六五八〜六一）、隅田川（大川）と横川を結ぶために開削された堀であり、一名源兵衛堀とも呼ばれた。

大川口から横川までおよそ百七十三間余、堀幅は七間で、その両側に二間ほどの水除け堤が設置されていた。

小籐次はその源森川に小舟を入れた。

最初に潜る橋が源森橋だ。

土手の左手は水戸藩の蔵屋敷の塀が続き、右手は中之郷瓦町の町屋だ。

舳先に座った古田が、

「赤目どの、右手の土手にそろそろと舟を着けて下され」

と言った。

すでに辺りは薄闇から真の闇に移り変わろうとしていた。

そんな中で、古田は源森川に入って二番目の橋を目印にしてきたらしい。

小籐次は言われるままに小舟を土手に着けた。すると、古田が舫い綱を手に岸に飛んで、川縁に立てられた杭に素早く止めた。

小籐次は櫓を置くと、暗がりで身なりを確かめた。

継ぎの当たった袷《あわせ》に裁っ付け袴の仕事着に冷や飯草履、脇差を差した姿だ。

だが、次直は舟に用意していた。

その次直を手にすると、土手に飛んだ。

中之郷瓦町はその名の通り瓦師が多く住んだ土地だという。

古田はそんな町を南側へと入り込んだ。広い作業場を持つ瓦屋の家が並ぶ間の道を鉤《かぎ》の手に曲がると、小さな運河に出た。

仕事帰りの瓦職人に古田が、

「天祥寺と申す寺はこの辺りにないか」

と聞き、一杯機嫌の職人が、

「荒れ寺なら、ほれ、この先の次を右に行きな。いやでも破れ山門の前に出るぜ」

と教えてくれた。

「赤目どの、田尻どの一行は天祥寺の離れを借り受けているとのことです」

と告げ、立ち止まったまま言った。

「伊丹どのから伝言がございます」

小籐次は黙って古田が告げるのを待った。

「今宵のことは小城藩にお任せ頂きたいとのことにございます」

「手出しはするなと申されるか。では、なぜそれがしを呼ばれたな」

「検分です」

「検分役か」

「伊丹どのは小城藩の気持ちを赤目どのに知っておいてもらいたい。その一念で赤目どのをお呼びしたのです」

「承知仕った」

小籐次は承諾した。

古田と小籐次が天祥寺の門前に辿り着いたとき、五つ（午後八時）の刻限に近かったろう。

寺は森閑《しんかん》とした静けさに包まれていた。

古田は、長年手入れもされずに放置されたままの築地《ついじ》塀にそって寺を一回りした。北側に向って山門が口を開けた通りを裏手に回りこむと、東と西は幅一間余の路地だった。南だけが畑地に接して開けていた。

その南側の畑地に、破れた塀の間から灯りが洩れ、風具合で話し声も伝わってきた。

どうやら田尻一統が寄宿する離れ屋と推測された。だが、小城藩の面々は未だ姿はないように見受けられた。

畑地の一角に地蔵堂があった。回廊の軒下からは天祥寺の離れ屋の灯りが遠くに望めた。

小籐次と古田は夜露を避けて、そこで待つことにした。

かつて敵同士であった二人が、呉越同舟、地蔵堂で夜露を凌いでいた。

「赤目どの、旧藩からなんの連絡もございませぬか」

と聞いたのは空腹を紛らわすためであった。

「奉公を解かれた者になんの知らせがあろうか」

「いえ、そのうち参ります」

古田寿三郎が断言した。

「おぬし、なぜそのようなことを申す」

「先の御鑓拝借騒ぎ、城中でもっぱらの噂になっておるそうです。よき家臣をもたれたと評判をよくされたのは豊後森藩久留島通嘉様、来春の参勤上府の折には上様の格別な拝謁の上に、お言葉があるともっぱらの噂とのことです」

「……………」

「反対に評判を下げたのはわれら四家。江戸に残られた家老や留守居は、今必死で幕閣のあちらこちらに手を回し、四家の藩主方が上府の折にお咎めなどなきよう工作をしておられます」

「決着がついたのではなかったか」

「赤目どのはそう申されますが、赤目どのお一人にきりきり舞いさせられた四家は、未だ戦々恐々としておるのが実情にございます。つまり、来春四藩の殿様が上府する折、何事もなきよう動いておるのです」

「なんとのう」

「反対に、久留島通嘉様には転封の沙汰が出るとの噂が飛び交っておるそうな。城無しと蔑《さげす》まれた森藩の久留島様は、この一件が幸いして城持ち大名に昇進なさるというわけです。むろん加増とのことにございます」

「埒《らち》もない流言の類であろう」

「さよう、この類はまず真実は百に一つ。ですが、噂が真実になることもある」

「どういうことか」

「天下泰平の御世が二百余年も続いたせいで幕府の威光も薄れております。西国大名方には禁じられた異国との交易に勤《いそ》しんで、その利で領内の防備を増強なされているところもあると聞き及んでおります。幕府の締め付けは年々箍《たが》が緩んでおる。かようなときに赤目どの、そなた様が御鎧拝借騒ぎを起こされた。いえ、赤目どの、そなた様を責めているのではございませぬ。世の理《ことわり》を申し述べているまでにございます」

「それがし、なんの考えもない。斟酌なされず話されよ」

小籐次は懐から茶碗を二つ出すと、一つを古田に渡した。

腰に提げてきた大瓢箪の栓を抜くと、まず古田寿三郎の茶碗を満たし、さらに自分の茶碗に注いだ。

「馳走になります」

二人は畑地に集く虫の音を聞きながら、しばらく酒を飲んだ。

「城中の埒もない噂は主に茶坊主どもが広めるそうにございます。ですが、それが登城の大名、旗本に伝われば無視できないことになる。かようなとき、幕閣のお歴々は、この噂を利用してしばしば締め付けの道具になされる。四家にはお咎めが、そなた様の旧藩にはご褒美がということです。となれば通嘉様も、そなた様を市井においておくわけには参りますまい。必ずやお迎えが参ります」

「古田どの、それがしはもはや豊後森藩の禄を離れた人間にござる。覆水盆に返らずの喩《たと》え、それがしは江戸の町中でひっそりと暮らして参る所存にござる」

「さて、それができますかな」

「それに、それがしが森藩に復帰致さば、四家の方々はどうお取りなさる。憎悪の情を強められましょう。それでなくともこの騒ぎにござる」

と小籐次が答えたとき、天祥寺の離れで人影が動き、外から何人かが戻ってきた様子だ。

二人は地蔵堂の中からその様子を眺めていた。

しばらくすると酒盛りが始まったらしく、風に乗ってその気配が伝わってきた。が、遠くに離れ過ぎて、話の内容まで聞き取れることはなかった。

「幕閣にも人はおられよう。いったん鎮まった騒ぎに幕府が火を点すこともあるまい」

「わが赤穂藩には、鎮静することがなによりのことにございます」

「ならば、そう念じなされ」

小籐次と古田はしばらく沈黙したまま酒を酌み交わした。

人影が天祥寺の塀外に現れたのは四つ（午後十時）の刻限か。

二つの人影は破れた塀の間から離れ屋を覗いていたが、寺の敷地に忍び込んだ。

そして四半刻後に、再び塀を乗り越えて姿を見せると闇に紛れた。

さらに一刻余りの時が過ぎた。

離れの酒宴は終わり、有明行灯の灯りだけを点して眠りに就いたようだ。

古田がなにか言いかけて黙った。
十四、五人の人影が塀の破れた箇所を乗り越え、離れを囲んだ。
小籐次には別働隊が何人かいるように思えた。

侵入者たちの五体から緊迫の様子が伝わってきた。

騒ぎはふいに始まった。

二手に分れた小城藩の討伐隊が離れ屋に襲いかかり、それに気づいて迎え撃つ田尻一派との間で戦いが始まった。

同じ藩の者同士、それも討たれる側の首領は藩主の親類格の田尻藤次郎だ。襲うほうにも迷いがあった。

だが、討伐隊の頭が檄《げき》を飛ばし、

「当家の浮沈に関わる戦いぞ、直尭様もご承諾じゃあ。一人残らず討ち取れ！」

との叱咤《しった》の声に励まされた討伐隊がひた押しに押して、田尻一派を一人またひとりと討ち取っていった。

四半刻に及んだ戦いの後、ふいに静寂が戻った。

「終わった」

「終わりましたな」

小籐次と古田は言い合った。

二人はその場を動くことなく、離れ屋から田尻の亡骸が運び出される最後の時まで見定めて、地蔵堂を後にした。


翌日、小籐次は深川蛤町の裏河岸に小舟を着けた。まだ、うづの姿はない。

残暑が厳しくなりそうな陽の強さだ。

だが、小籐次は修理された菅笠で照りつける陽光を遮《さえぎ》っていた。うづを待つ間、町内を一回りして註文をとって歩いた。すると二本の研ぎを頼まれた。それを舟に持ち帰り、帆柱を立てて日除けの帆を張った。

日陰の下で小籐次は錆びた包丁を研ぎ始めた。

「浪人さん、久しぶり」

うづの声がして、秋野菜を載せた百姓舟が一枚板の船着場の反対側に着けられた。

「ちと遅い到着じゃのう」

「お得意に引き止められていたの」

「うづどのは人気者じゃからのう」

「そうでもないけど、深川の人たちはお節介やきなの」

そう言いながらも小舟の野菜を並べかえ、

「野菜舟ですよ。平井村からうづの野菜舟が着きましたよ！」

と秋の空に呼ばわった。

「私に婿《むこ》を世話するというのよ」

「ほう。それは佳《よ》き話ではないか」

「私、まだ十八よ」

「年に不足はあるまい」

「嫌だ。仏具屋の番頭さんなんて陰気臭そう」

とうづが笑った。が、その笑い顔には不安も宿していた。

「うづどのは好きな人がおられるようだ」

「そんなことないわ」

と答えたとき、蛤町の女たちが野菜を買いに姿を見せ、話は中途で終わった。

うづが野菜を売る間、小籐次は二本の包丁を研ぎ上げ、長屋に持っていった。

すると隣長屋から、

「風車の研ぎ屋さん、うちの錆びくれ包丁を研いでおくれな」

「ならばうちも」

とさらに三本の註文を受けて船着場に戻ると、すでにうづの小舟は姿を消していた。

小籐次はその日、蛤町の裏河岸に小舟を着けたまま仕事を続けた。その間にも、

「研ぎを頼むよ」

とぽつりぽつりと新たに刃物が持ち込まれ、夕暮れまでに十本の包丁を研いだ。

「歌仙楼に回る暇がなかったな。明日は訪ねよう」

と思いながら、大川を横切り、築地川に小舟を入れた。

この日も待ち人があった。

肥前小城藩の中小姓伊丹唐之丞だ。

二人は目礼しただけで口は利かなかった。

小籐次は素早く道具を片付けると、伊丹を新兵衛長屋近くにある蕎麦屋に誘った。

その蕎麦屋はいつも客で込んでいるふうはなかったからだ。卓を挟んで向い合った小籐次は酒を頼んだ。

「ご苦労にござった」

小籐次はそう伊丹を労《ねぎら》った。

「赤目どのに報告致します。昨夜、わが小城藩で不慮の事故あり、親類格の田尻藤次郎、藩士鵜殿高恭、武宮寅之助ら家臣六名、さらに下屋敷中間登美造ら八人が落命致しましてございます」

「相分った。その他の方々にお怪我はなかったか」

襲撃したほうに被害はなかったか、と小籐次は聞いた。

「一人が死亡し、三人ほどが深手を負いました」

酒が運ばれてきた。

小籐次は伊丹の盃に酒を注いだ。

「伊丹どの、胸中お察し申し上げる」

伊丹は睨み付けるように小籐次を見ると、その険しい表情を哀《かな》しみに変えた。

「われら小城藩の戦いは終わってはおりませぬ」

能見一族十三人の刺客たちが残っていた。

「なんぞ手がかりはござらぬか」

「なんとしても昨夜の連中からその行方を知りたいと願っておりましたが、全員が死を覚悟で応戦しましたゆえ、彼らの口から知りえませんでした」

と答えた伊丹は、盃に口を付けただけで卓に置き、

「直尭様からも本藩からも、なんとしても小城藩で始末を付けよ、との命が下っておりますゆえ、近々赤目どのに報告に上がれましょう」

と言うと立ち上がった。

「今宵は通夜にございます」

「葉隠武士《もののふ》の覚悟をとくと拝見仕った」

伊丹は黙礼すると蕎麦屋を出ていった。

小籐次は、田尻藤次郎らの霊を慰めるように黙々と酒を飲み続けた。

三

小籐次はその日、偶然にも十三人の刺客を乗せて江戸入りしたという新陽丸の名を仙台堀の船問屋で聞いた。

この日、仙台堀に得意を広げようと引き物を持ってお披露目に回ると、船問屋の遠州屋の番頭が、

「試しですよ。腕がよきゃあ、出入りをお願いしますよ」

と小籐次の願いに応じてくれた。

そこで、小籐次は遠州屋の船着場に小舟を止め、仕事に使うという大型の鋏やら小刀を研ぎ始めた。半刻も過ぎた頃か。荷足り船が着いて、遠州屋の人足が仲間に声をかけた。

「海辺新田でよ、座礁した五百石船は沖に戻れたか」

「二日がかりよ、なんとか離れたぜ。新陽丸の船頭は青くなっていたな」

「なんでまた海辺新田に五百石船が近づいたんだ」

「それよ。積荷がまた変わっていらあ」

「変わった積荷とはなんだえ」

「侍よ。西国訛りの侍が十三、四人も乗っているのさ」

小籐次の胸が高鳴った。

「あいや、お尋ねしたい」

小舟から声をかけられた人足たちが振り返った。

「なんでえ、研ぎ屋さんよ」

「新陽丸は未だ海辺新田におろうか」

「海辺新田よりも越中島に寄った沖合いに移るそうだぜ。なんぞ用事かえ」

「知り合いが乗っておってな」

と曖昧に答えた小籐次は、最後の小刀を研ぎ上げ、遠州屋に持参した。

「番頭どの、これでいかがか」

「えらく時間がかかったではありませぬか」

と言いながら研ぎ上がった品を手にした番頭が、うう−んという声を洩らし、書き損じの反古《ほご》を取り上げて鋏で試し斬りした。何度か試した後、ちらりと小籐次の顔を見て、小刀を取り上げ、自分の腕に当てて毛を剃《そ》った。

「なかなかの腕前ですな。研ぎ屋さん、工賃はいくらかな」

「普段は一挺四十文を頂いておるが、本日はお披露目、無料にござる」

「呆れた浪人さんだね。それで商いになるのかねえ」

「番頭どの、次の機会によろしゅう願おう」

「待ってますよ」

小籐次は小舟に戻ると洗い桶の水を堀に捨て、道具を片付けると舫い綱を外した。

舳先を仙台堀の東へと向け、海辺橋、亀久橋と潜って木場に出た。広大な木場の東北端に架かる崎川橋を抜けたところで舳先を南に取った。すると、堀伝いに潮の香りが漂ってきた。

右手に木場を見ながら進むと、洲崎弁財天の社が見えてくる。

明暦の大火（一六五七）の後、本所深川一帯を埋め立て、新地新田を開拓した。そこに元禄十三年（一七〇〇）、徳川綱吉の生母桂昌院《けいしょういん》の守り本尊の弁天を祀《まつ》ったのが始まりとされる。

洲崎弁財天の橋を潜れば江戸の海だ。

秋の日が、きらきらと海に落ちていた。

小籐次は小舟の櫓を操りながら舳先を西へと向けた。新田に沿って洲崎、葦原の海辺新田、さらに伊勢桑名藩の抱え屋敷と新地を進み、海辺新田と越中島の境に差し掛かった。

そこで、小籐次は小舟の舳先を沖合いへと向けた。岸から数町先に弁才船が帆を休めていた。中には荷積みをする千石船もいた。

そんな間を小籐次は新陽丸を探して回った。

四半刻後、駿府清水湊新陽丸と艫に書かれた五百石船を、紀伊新宮藩の中屋敷の沖合いに見つけた。

小籐次は船の周りをぐるりと回って見た。船上に人影がちらちらと見えたが、水夫《かこ》ばかりで侍の姿はなかった。

小籐次は半町ほど離れたところに碇《いかり》を沈めた弁才船の船頭に、新陽丸の積荷の、「侍」の存在を聞いてみた。

「浪人さんよ。人は乗せないのが荷船の決まりだよ」

素っ気ない返事が返ってきた。

小籐次は新陽丸を改めて注視した。

船に乗っているのはせいぜい二、三人の水夫だという結論に達した小籐次は、思い切って小舟を新陽丸に接舷させた。

「おーい、水夫さん」

小籐次の呼びかけに、髭面《ひげづら》の水夫が二人顔を覗かせた。

「ちと尋ねたきことがある。そこへ上がらせてもらえるか」

二人が顔を見合わせた。一人は十五、六と若く、もう一人は老水夫だった。

小籐次はわざと巾着を懐から引き出して見せた。

「浪人さん、なんでえ。尋ねたいこととはよ」

小籐次は舫い綱を、新陽丸から垂らされた碇綱に結ぶと、新陽丸に這い上がった。

「一つだけでよい、教えてくれ。積荷の十三人はどこへ行った」

二人が顔をまた見合わせた。

小籐次は二朱金を二枚出して、一枚ずつ水夫の手に握らせた。

「おまえ様方に迷惑はかけぬ。すでに船にはおらぬのじゃな」

「奇妙な客だぜ。内海じゅうをあちらこちらと移り回った挙げ句が、海辺新田の葦原の水路に隠れろだと。そんなことをするからよ、うちの船頭も潮の引き加減

を見誤って座礁したのさ。あやつらは疫病神だ。船を降りてくれてよ、これでよ
うよう清水に戻れるぜ」

「どこに行ったか、知らぬか」

「おれは知らねえ」

と一人の老水夫が答え、若い仲間を見た。

「どこへ行ったかなど知るもんか」

とこちらも応じた水夫が、

「たださ。ちらりと小耳に挟んだところによると、水野屋敷だの、芝だのと言い合っていたな。女中をどうするこうするという話だ」

と言い足した。

小籐次の背中にぞくりとした悪寒《おかん》が走った。

「造作をかけた」

と答えた小籐次はさらに聞いた。

「そなたらはいつ駿府に帰る」

「明朝には帆を揚げるとよ。そんで船頭方は、験《げん》直しに深川の櫓下に女郎衆を買いに行ってよ、おれたち二人がワリを食っているのよ」

老水夫がぼやいた。

小籐次は小舟に戻ると舳先を品川へと向けた。


小籐次は水野監物の屋敷の表門を見通せる今里村の一軒の百姓家の長屋門を潜り、敷地に入り込んだ。

今里村でも大きな百姓、高兵衛の屋敷だ。この長屋門の中二階からは、水野邸の表門の出入りと裏門を望むことができた。

この界隈は小籐次が生まれ育った場所だ。どこになにがあり、だれが住んでいるか熟知していた。

大名家の下屋敷と旗本の抱え屋敷、それに百姓家が混在する一帯は、だれもが顔見知りだった。

夕暮れ前の時刻だ。

野良仕事から戻った男女が敷地を流れる小川で間引菜《まびきな》を洗っていた。夕餉の膳に載せるのだろう。

「おや、これは赤目様」

高兵衛がびっくりした顔をして、立ち上がった。手には濡れた間引大根を持っていた。

「おまえ様は途方もないことをしでかしたそうな。ここいらでも評判にございますよ。また屋敷に帰られたか」

「そうではない。ちと理由《わけ》があって、水野監物様のお屋敷を見張りたいのじゃが、長屋門を使わしてくれぬか」

「これは驚いた。赤目様は目付にでもなられたか」

「そうではない。水野様の奉公人に危害を加えんとする輩《やから》があるというので、見張りたいのだ」

「そう言えば、赤目様は水野家のおりょう様が危うきところを助けられたそうな」

「高兵衛どのは承知か」

「水野様の台所女中が野菜を求めにきてな、そんなことを話していったのですよ」

「また同じようなことを考える輩が、水野家に狙いをつけたのだ」

「ならばお好きなように使いなさい」

と答えた高兵衛が、

「夕餉はまだかな」

「食しておらぬ」

「ならば、後で女たちに運ばせましょう」

と請け合ってくれた。

小籐次は、長屋門の中二階の格子窓から水野邸の表門と裏門を見張ることになった。

初めての夜はなにもなく過ぎた。

二日目の昼下がり、一挺の女乗り物が裏門から出た。

過日、浪人たちに襲われたものと同じ乗り物だ。

江戸市中を目指しているらしく、乗り物は東海道の方角へと向った。上屋敷に使いにでも行かされる様子の一行だ。

小籐次は乗り物の主がおりょうだと直感した。

菅笠を手に立ち上がった。

腰に次直を差し落とした。

長屋門の中二階の階段を下ると、草履を履いた。

乗り物は大和横丁を出ると、芝二本榎の辻に下っていく。

尾行する者がいないことを確かめた小籐次は、屋敷と寺が連なる今里村にくねくねと延びる路地に入り込み、一行を屋敷の塀の間から確かめながら進んだ。

まず日中には能見一族が行動を起こすとは思えなかった。狙うとしたら使いの帰路であろう。そんなことを考えながら、門前町から高輪台町、伊皿子台町の通りを行く乗り物を見守った。

乗り物は大木戸の北側で東海道に出た。もはや何人《なんぴと》といえども白昼の江戸府内で駕籠を襲う狼藉《ろうぜき》は働くまい。

小籐次は乗り物の半町ほど後方に付いた。

乗り物は芝田町四丁目の辻で東海道から分れ、赤羽橋へと向った。だが、往来する人や馬の数が減ることはなかった。赤羽橋を渡った一行は、増上寺の西を走る道を辿って、南久保通りから西久保通りを伝い、新下谷町と車坂町の間を汐見坂へと入っていった。

小籐次は、乗り物が訪ねる先をすでに承知していた。

旗本五千七百石水野監物の上屋敷が汐見坂を左折した霊南坂にあった。まず乗り物はそこに向うと見て間違いない。

小籐次の推測どおりに乗り物が水野本邸の門内へと消えた。

小籐次は霊南坂と汐見坂の辻で乗り物が出てくるのを二刻ほど待った。すでに辺りは夕闇が訪れ、現れた乗り物には家紋入りの提灯が点されていた。

小籐次は薄闇に紛れて乗り物を追った。

一行は来た道を忠実に辿って、下屋敷へ帰ろうとしていた。

小籐次はなにか起こるとしたら戻り道だと緊張して尾行を続けた。だが、品川の海から潮騒《しおさい》が響く東海道に出てもなんの異変もなかった。

大木戸の灯りが見える手前で伊皿子坂へと曲がった。すると、まとわり付く秋の冷気が小籐次の顔を撫でた。

肥後熊本藩細川家の中屋敷の長大な塀が右手に見え、左側は赤穂浅野家の浪士たちが眠る泉岳寺裏の門前町で急に闇が深くなり、人の往来も消えた。

小籐次は改めて気を引き締めた。

能見一族が小籐次を誘《おび》き出すためにおりょうを捕らえるとしたら、この界隈から大和横丁に入る間だ。

小籐次は乗り物との間合いを詰めた。

細川家の塀が途切れた。

左手は証誠寺の塀だ。

その直後、乗り物が不自然に止まった。

「何事でございますな」

水野家の若党が誰何《すいか》する声が聞こえた。

「乗り物の中はおりょう様じゃな」

西国訛りの若い声が小籐次の耳にも届いた。

小籐次は塀際の闇を利して、さらに間合いを詰めた。

「いかにも水野監物家の奥女中おりょう様の乗り物ですが、何ゆえ道を塞がれますな」

「ちと仔細あり、おりょう様の身柄数日預かり申す」

「乱暴な」

若党が刀の柄に手をかけた。

「止めよ。怪我を致すことになる」

別の声がした。

「お手前方は何者です」

もはや答えようとはせず、乗り物に数人の影が迫った。

小籐次が姿を見せたのはそのときだ。

「お待ちなされ」

「うーむ」

闇の中から突然現れた人影を訝しむ声が洩れた。

「お手前方は能見赤麻呂どのを首領に仰ぐご一行とお見受け致した」

「おのれは」

闇から驚きの声が上がった。

「お手前方が付け狙う赤目小籐次にござる」

「赤目様」

乗り物の中からも驚きの声が上がった。

おりょうの声だ。

小籐次の前に立つ武士たちが、一斉に草履を後ろに飛ばして鯉口を切った。

「能見十左衛門どのはおられるや」

答えはない。だが、小籐次は無言こそ後見役がいる証拠と見た。

「そなたらが離藩したは、能見五郎兵衛どのの仇を討たんとするためと聞き及んだ。江戸の町で旗本大家のお女中を姑息にもかどわかして、尋常な戦いと申されるや。五郎兵衛どのも喜ばれまい」

返答は返ってこなかった。

「それがし、逃げも隠れも致さぬ。赤目小籐次の首が欲しくば、芝口新兵衛長屋まで、戦いの場所と日時を知らせればよいことじゃ。恥知らずの所業にござる」

小籐次の声が終わるか終わらぬうちに、左手に構えていた長身の若者が剣を抜き打ちつつ、突進してきた。

小籐次は履いていた草履をその顔に飛ばした。

若侍は顔を背け、飛んできた草履を避けようとした。

その隙に小籐次が間合いを詰め、次直を鞘ごと抜くと、柄頭を相手の下腹部に突き込んだ。

うっと立ち竦む若侍から飛び下がり、元の場所へと戻った。

若侍は尻餅をついていた。

仲間が一斉に行動を起こそうとしたとき、闇からしわがれ声が響いた。

「止めよ！」

攻撃の動きが止まった。

「赤目小籐次。先ほどの広言、間違いなしや」

「赤目小籐次、二言《にごん》はござらぬ」

「その言やよし。他日、戦いの場で会おうぞ。旧藩に知らせて討伐隊など差し向ける卑怯、よもや致すまいな」

「能見十左衛門どのに申し上げておく。戦いは赤目小籐次と十三人の討ち手の戦いにござる。それがし、だれの仲介も助勢も求める気なし」

「よし」

「能見赤麻呂どのは十五歳と聞き及ぶ。じゃが、一統の頭領となれば、年齢の長幼は拘りなし。それがし、まず最初に赤麻呂どののお命を頂戴致す」

「抜かせ！」

「赤麻呂どのに死を覚悟なされて戦いの場に臨まれよとお伝え下され」

十左衛門の、退却じゃ、の声とともに襲撃者の気配が消えた。

しばらく辻に虚脱と安堵の空気が漂った。

乗り物の戸が中から開かれ、

「赤目様、そなた様に危うきところを助けて頂くのは二度目にございますな」

というおりょうの声が響いた。

「おりょう様、お聞き及びのとおり、此度の因《もと》はそれがしにござる。おりょう様とご一行にとばしりをお掛け申し、真に申し訳なきことにござる」

小籐次は、おりょうの乗り物の前に両膝をつくと頭を下げた。

「どうやら、先の騒ぎが未だにくすぶり続けている様子。赤目様こそ迷惑千万にございましょう」

「それがしが仕掛けた騒ぎ、天に唾した報いにございましょう」

「赤目様の戦い、おりょうをはじめ、江戸じゅうが見守っておりますぞ」

白い手が小籐次の前に差し出された。そこには扱《しご》き紐が持たれて、

「戦いの折、襷にお使い下さるならば、おりょうの名誉、これに勝るものはございませぬ」

「なんと」

言葉を詰まらせ、扱き紐を両手で押し頂いたとき、戸が閉じられた。そして、

「赤目小籐次様のご武運を神仏にお祈り致しております」

という声を残すと、乗り物が水野屋敷へと向って去っていった。

新兵衛長屋に戻ると、戸口に文が差し込んであった。

小城藩の中小姓伊丹唐之丞からだ。

小籐次は行灯に灯りを入れ、走り書きを読んだ。

〈赤目小籐次どの　能見赤麻呂らの仮の住まいの新陽丸、江戸を離れし事判明。十三人の者たちは江戸府中に上陸潜伏致したものと推量付けしがその行方未だ摑めず。但し、屋敷内の者と連絡あることが知れり、暫時、時をお貸し下されたくお願い申し上げ候。　伊丹唐之丞〉

小籐次は伊丹からの文を丸めると行灯の火に翳した。炎が上がり、それを持って井戸端に出た小籐次は短い文を焼いた。

もはや伊丹唐之丞ら小城藩の討伐隊に頼る気はなかった。戦いの決着は小籐次と能見赤麻呂ら十三人の間で争われるのだ。

胸をはだけた小籐次は釣瓶《つるべ》で水を汲み、体の汗を拭った。もはや水で体を拭うには冷たい季節が巡ってきていた。

「浪人さん、久慈屋さんから使いが何度も来てよ、どこに行かれたかと心配なさっていたぜ」

水音に気付いて出てきた隣の住人勝五郎が言った。

「久慈屋さんがな、明日の朝にも顔を出そう」

肌脱ぎのまま長屋に戻った小籐次は、台所の大瓢箪を引き寄せて栓を抜き、茶碗に注いだ。

一気に飲み干した小籐次は、ふーうっ、と息をつき、肩を入れた。

どたりとその場に座した小籐次は二杯目を茶碗に注いだ。

今度は少し味わうように飲んだ。それでも直ぐに茶碗の酒はなくなった。三杯目の酒を注ぎながら、多勢の相手に、

「時と場所」

の選択をさせたことを考えた。

おりょうを無事に屋敷に戻すためとはいえ、無謀な申し出であったかもしれない。だが、今さら悔やんでも詮のないことだ。

袂からおりょうの扱き紐を出した。

(おれにはおりょう様が付いておられるのだ。負けるわけにはいかない)

勇気が湧いてきた。

その夜、小籐次は扱き紐を抱えて眠りに就いた。

四

次の日、久慈屋の船着場で商い用の刃物と台所の包丁を研いで一日を過ごした。

主の昌右衛門も大番頭の観右衛門も、小籐次が研ぎ仕事を続けていることに安心したようで、刺客についてはなにも触れなかった。

新兵衛長屋に戻ると、伊丹唐之丞からの書状が届けられていた。

〈赤目小籐次どの　長いことお待たせ致し恐縮至極に候。我ら遂に能見赤麻呂一統の動きを把握し候。明後日、一統は赤目どのを音羽筑波山護持院《ごじいん》境内に呼び出さんと企てし事、藩内の者に洩らし候。わが目付密かにこの事実を知りて、重臣方、われら討伐隊に命が下され候。赤目どの、決して手出し無用に御座候。この一条、これまでの因縁に従いお知らせ候。　伊丹唐之丞〉

伊丹の書状は緊迫に満ちていた。

十三人の刺客が旧藩の命を受けるとも思えず、死闘が予測された。となれば討伐隊の一員に選ばれた若い伊丹の命もまた危険に晒されていた。

小籐次は何度か書状を読んで懐に入れた。

その足で湯屋にいった。

戻ってみると、この日二通目の書状が上がり框に置かれていた。

能見赤麻呂からの果し状であった。

小籐次は届けられて間もないと推測した。剣者の勘がそう教えていた。

封を披くと、墨黒々とした字が薄闇に浮かんだ。

〈赤目小籐次に告ぐ。われら能見赤麻呂を頭領に仰ぎて父にして師たる能見五郎兵衛様の仇を討ち、武門の意地を貫かんと覚悟致し候。明後日夜半五日市道小金井橋に於いての戦い通告し候〉

小金井橋は玉川上水に架かる橋だ。桜の名所として江戸にもその名を知られていた。

小籐次はしばし沈思した後、長屋の整理を始めた。生きて帰れる保証はなかった。そのためにも身辺を整理し、久慈屋昌右衛門に宛てた書状を書いて夜具の間に残した。

旅仕度に移った。

とはいえ、幾ばくかの金子を懐に、着古した袷に裁っ付け袴、菅笠を被って大小を差し落とせば身仕度はなった。

能見赤麻呂の書状と一緒におりょうの扱き紐と竹とんぼを懐に入れた。

腰に空《から》の大瓢箪を下げた。

これで仕度は終わった。

長屋では夕餉の刻限だ。

秋の涼風が吹き始め、どこも戸を閉めていた。

小籐次は足音を忍ばせて新兵衛長屋を出ると、東海道を横切り、赤坂溜池から屋敷町を突っ切り、四谷の大木戸に出た。

追分で青梅道中と甲州道中に分れた。

五日市道は、この二つの往還の間をほぼ並行して走っていた。

小籐次は追分で見かけた一膳飯屋に入り、鯖《さば》の煮付けと葱《ねぎ》の味噌汁で夕餉を食した。小僧に握り飯を作らせ、大瓢箪に酒を詰めさせ、代を払った。

「おありがとうございます！」

小僧の声に送られ青梅道へ足を踏み入れた。

小籐次は小金井宿まで夜旅で行く決心だった。

伊丹唐之丞からは、能見赤麻呂一統が音羽筑波山護持院を戦いの場所に決めたと知らせてきた。だが、小籐次には江戸を離れた小金井橋が指定された。

この相違をどう考えればよいか。

伊丹が虚偽を伝えてきたとは考えられない。

離藩したとはいえ、赤麻呂一統には小城藩の家臣団と戦う謂《いわ》れはない。さらに護持院は御朱引内で町奉行所が管轄する、いわば江戸府内である。府内を騒がせれば、小城藩に幕府から咎めがいくことは目に見えていた。

とすると、一統が藩邸内の者に伝えた護持院は、小城藩の討伐隊を誘い出すための虚報と考えるべきではないか。一統は今も小城藩の武闘派と関わりを持っているはずだ。討伐隊の動きは当然十三人の刺客にも伝わっていた。

なにより能見赤麻呂の名で宿敵赤目小籐次は小金井に呼び出されていた。

十三人の刺客が待ち受けるのは間違いなく五日市道小金井橋だ。

小籐次が選んだ青梅道中は甲州裏街道とも呼ばれ、柳沢峠を越えて塩山《えんざん》に出ると甲州道中に合流した。

青梅道は人家もまばらで、ほぼ武蔵野台地を一直線に横断していた。

中野を過ぎて、高円寺村と馬橋村の境辺りで、街道は青梅道と五日市道に分岐した。

善福寺川を渡ると、尾崎田圃の七曲がりに差し掛かり、吉祥寺《きちじようじ》村、関前村を過ぎると玉川上水に沿って街道はいく。

闇に疎水の音が響いてくる。

玉川上水は、多摩川の上流の清水を江戸に送り込むために開削されたもので、承応二年（一六五三）の四月に着工され、十一月には四谷大木戸までが完成した。

この上水の小金井付近には梶野橋、関野橋といくつかの橋が架かっていたが、なかでも有名な橋が小金井橋だ。

元文二年（一七三七）、武蔵野新田開拓に功あった川崎平右衛門が幕府の命で大和国吉野山などの桜の種を取り寄せて苗を育て、数千本を土手に植えた。それが武蔵野八景に選ばれ、江戸に知られるようになっていた。

夜が白々と明けた刻限だ。

小籐次は果し状を届けた使いが、残る十二人と行動をともにしているならば、小金井到着は小籐次が先だと思った。だが十三人が分れて行動し、本隊が先行していれば別の話だ。

ともあれ、夜明け前に小金井橋界隈の地理を知りたいと思った。

小籐次は朝まだき小金井橋周辺を歩いて回った。

『江戸名所図会』には、

「ここに遊べば、さながら白雲《しらくも》の中《うち》にあるが如く、蓬壺《ほうこ》の仙台に至るかとあやしまる。最も奇観たる故に、近年都下の騒人韻士《そうじんいんし》、遠きを厭《いと》わずしてここに来たり遊賞す」

と紹介された地だ。

小籐次は亡父と一緒に一度だけ、府中の暗闇祭りを見物に江戸を離れたことがあった。その折、小金井を回って江戸に戻っていた。

小籐次は幼い記憶を辿りつつ歩き回った。

橋の袂には高札があった。曰く、

「一　魚を捕るべからず
一　塵芥を捨てるべからず
一　洗い物をするべからず」
朝の光が武蔵野台地を照らした。

百姓衆が野良に出かける姿が見られた。

小籐次は玉川上水の上流へと、上水の土手を進んだ。


この一刻後、小金井橋に能見赤麻呂と能見十左衛門の駕籠を囲むようにして十一人の刺客たちが到着した。

一統も小籐次と同じ夕刻に江戸を発ち、甲州道中から石原村を抜けて小金井に到着したのだ。

小籐次は、数刻後の昼下がりに甲州道中府中宿に姿を見せた。

小籐次は大国魂《おおくにたま》神社前の一軒の旅籠に早々に上がり、酒一升五合ほどを、くいっと飲み干すと眠りに就いた。

小籐次が起きたのは五つ（午後八時）の刻限だ。

寝る前に頼んでおいた夕餉の膳が部屋の隅に置いてあった。

小籐次はそれを黙々と食し終えると旅籠を発った。


小金井橋の日中は、旅人も馬を引いた百姓衆も往来した。

だが、五つ過ぎともなると、人の往来はぴたりと止まった。

四つ（午後十時）、玉川上水の土手の桜の根元に床几《しょうぎ》が二つ置かれ、能見赤麻呂と後見の能見十左衛門が座った。

その背後に幔幕《まんまく》が張られ、三つ銀杏《いちょう》の家紋入りの高張提灯が点された。さらに白布に、

「われら武門の意地を貫かんと戦うもの也　元肥前の住人　能見赤麻呂、能見十左衛門他十一人」

と墨書された幟《のぼり》が竹竿に立てられた。

二人は五日市道を睨む場所に座していた。

傍らでは玉川上水がせせらぎの音を響かせていた。

十左衛門は赤柄の槍を桜の枝に立てかけ、即座に取れるようにしていた。

残り十一人が予め手筈された場所に待機した。

時が静かに流れていく。

夜半には虫の音も途絶えた。

そして、冷気が辺りを包み、流れから靄《もや》が立ち昇り始めた。

十三人の刺客にはぴりぴりとした緊迫があった。それが時の経過とともに息苦しさを増した。

夜半九つ（午前零時）の時鐘がどこからともなく伝わってきて、吐息が洩れた。

「気を抜くでない」

十左衛門の叱咤が飛んだ。

再び重い沈黙が小金井橋を覆った。

さらに四半刻、半刻、一刻と時を重ねた。

「叔父上、来ませぬな」

赤麻呂が呟いた。

「赤麻呂、佐々木巌流《がんりゅう》は宮本武蔵の遅延策に苛立って敗北した。あやつ、われらを焦《じ》らしておる。赤目小籐次め、武蔵の策を姑息にも真似ておるのだ」

「……」

「赤麻呂、この戦い、尋常に戦えば多勢のわれらの勝ちじゃあ。それをなんとかせんと考え出した策じゃぞ。それに乗ってはならぬ」

「はい、叔父上」

身丈はすでに五尺八寸を超えた赤麻呂が応じた。身丈は伸びたが若竹のようにすうっとして、まだ筋肉がついていなかった。

半刻が流れた。


小金井橋から遠く離れた江戸の音羽筑波山護持院の境内に、その赤麻呂一統を待ち受ける一団がいた。

肥前小城藩の大番組頭笹貫泰造に指揮された討伐隊の三十余人だ。

「おかしい。能見一族も赤目小籐次も姿を見せぬではないか」

笹貫が伊丹唐之丞に言った。

伊丹は不安に駆られながらも、

「今しばらくのご辛抱を」

と願っていた。

小金井橋の寒気がさらに強まった。

赤麻呂は悴《かじか》み始めた手先を動かした。

「赤麻呂、一統の頭領は泰然としておるものだ。小者の如き真似をするでない」

赤麻呂は我慢して石と化した。そのことが知らず知らずのうちに体の自由を奪い去っていった。

わずかに東の空に変化が生じた。

朝が到来しようとしていた。

「赤目め、われらを一晩待ちぼうけにしおったか」

「奴が参るのは明晩にございますか」

「どうやらその気配じゃな」

十左衛門と赤麻呂の会話は十一人の刺客たちにも気配で伝わり、

(戦いは明日……)

という虚脱の空気が漂った。

四方を凝視する目が疎《おろそ》かになっていた。

朝靄に覆われた玉川上水の流れに異変が起きていた。だが、十三人はそのことに気づかなかった。

赤目小籐次は、上流から長さ一間にも満たない田舟に乗って小金井橋に接近していた。

朝靄がその接近を隠していた。

片膝をついた姿勢で手には七尺余の竿を持ち、流れにゆったりと竿を差していた。

小金井橋の提灯の灯りで、幔幕が流れからおぼろに見えた。

頭には菅笠を被り、おりょうの扱き紐を襷にかけていた。足元は木綿の足袋《たび》に武者草鞋《わらじ》で固めていた。

橋がさらに近づいた。

雪荷流の弓の達人浜岡笙兵衛は番《つが》えた矢の先を本能で流れに向けた。だが、靄で視界が閉ざされていた。

田舟がさらに橋下に近づいた。

小籐次は片手で竹とんぼを捻り飛ばした。そうしておいて竿の先を玉川上水の底に立て、竿のしなりを利して、無音のままに靄を蹴散らかして虚空に飛び上がっていた。

竹とんぼと小籐次は、同時に流れから橋へと舞い上がっていた。

十左衛門は五感に忍び寄る者の気配を感じて、槍の柄に手を伸ばした。

その視界に竹とんぼが舞い降りてきた。

注意がついそちらに向った。

その直後、幔幕を突き破って小籐次が姿を見せた。

小金井橋に悲鳴が上がり、能見赤麻呂は思わず立ち上がった。だが、長い刻限、床几に腰掛けていた姿勢が機敏な反応を奪っていた。一瞬よろめいて、立ち竦んだ。

浜岡笙兵衛はもはや得意の弓が使えないことを悟り、捨てた。

小籐次が赤麻呂の傍らに片膝ついて着地した。

竹とんぼも橋の上に転がり落ちた。

赤麻呂は立ち竦んだ姿勢からかろうじて行動を起こそうとした。

十左衛門は赤柄の槍の穂先を回した。

五尺そこその矮軀が片膝ついた姿勢から伸び上がるように立つと、腰の次直が抜かれ、光になった。

間合いを見切った剣が赤麻呂の脇腹から胸を撫で斬った。

来島水軍流の秘剣、流れ胴斬りの一手だ。

げえっ
と刀の柄に手をかけた若武者の口から絶叫が響いた。

若竹のような体がゆらりと崩れ落ちた。

その瞬間、十左衛門の槍が回され、千段巻で小籐次の体を殴り付けようとした。

小籐次の体が横滑りするように流れ、槍の柄の強襲から逃れた。逃れつつ、体を捻り、十左衛門に向き直った。その視界の先を穂先が大きな円弧を描いていく。

十左衛門は空を切らされた槍を引き寄せると、鎌宝蔵院流の、

「直突き」

を繰り出さんとした。

だが、そのときには小籐次は体勢を十左衛門に向け直し、槍の穂先の内側へと渦潮《うずしお》が弧を描いて流れ出すように入り込んでいた。

菅笠の傍らに立てられていた次直が閃き、ぱあっと十左衛門の首筋を刎《は》ね斬った。

鍛え上げられた巨軀が、どさりと倒れ込んで靄を吹き散らした。

一瞬にして十三人の刺客の頭領と後見が斃されていた。

「おのれ！」

棒術を得意にした能見一蔵が、六尺の赤樫《あかがし》の棒を振り回しながら小籐次に突進してきた。

さらに、辻の東側に配置されていた柳生新陰流の打越角兵衛が、弟子の山中英輔と内方伝次郎を従えて殺到してきた。

小籐次は棒の攻撃を避けて、三人の前方に飛び込んでいた。

小籐次が三人の中に飛び込んだせいで能見一蔵の棒は封じられ、小籐次に三本の剣が襲いかかった。

矮軀が刃の下を流れ、次直が閃くと一人また一人と脇腹を斬られ、肩を袈裟懸《けさが》けにされ、鳩尾を突かれて斃れた。

「下郎めが！」

一蔵が小籐次の胸へと棒を突き出した。

小籐次は脇差を左手で抜き、次直を右手水平に翳すと前転した。さらにごろごろと転がり、棒の間合いから逃れた。

その転がる先に、林崎流の居合の達人酒井弁治が間合いを計って待ち構えていた。

小籐次は腰を沈めて柄に手をかける酒井を見た。その後方にもう一人、剣を上段に構えて待ち受ける者がいた。

研ぎ屋の与平を殺害した小阪半八だ。

酒井の間合いの手前で、ごろごろと転がっていた小籐次の体が虚空に跳ね飛んだ。

うっ

間合いを外された酒井は踏み込んだ。

着地する小籐次に狙いを定めた。

小籐次は虚空にありながらも身を捻って脇差を抛《ほう》った。

脇差は狙い違《たが》わず酒井弁治の左胸に突き立った。

橋上に降り立った小籐次に小阪半八が、

「能見五郎兵衛様の敵《かたき》！」

と斬りかかった。

小籐次は次直で受けた。だが、腰がまだ定まっていない小籐次はよろよろとよろめいた。小阪の剣が左腕に斬り込まれた。痛みは走ったが、深手ではないと思った。

息も荒く弾んでいた。

一撃を入れた小阪がひた押しに押してきた。

能見一蔵の棒が、小籐次のよろける背に大上段から叩きつけられようとした。

殺気を感じた小籐次は自ら尻餅をついた。

朝靄を切り裂いた棒はひた押しに押し込んできた小阪半八の脳天を砕き、血飛沫を飛ばした。

尻餅をついた小籐次は、さらに転がると一蔵の股座《またぐら》を斬り上げた。

げえぇっ
十三人の刺客は五人に減っていた。

小籐次は、よろめき立った。

小金井橋の上、ほぼ真ん中に立っていた。

「まだ戦われるや」

荒く弾む息の下から小籐次が言いかけた。

「小城領内を抜けたときから死は覚悟。そなたの一命、われら命を捨てても取る！」

小籐次の正面に詰めた鹿島陣五郎が叫び、剣を正眼にとった。

尋常ならざる腕前だと、小籐次は次直を構え直した。

はあはあはあ……

背を丸め、肩で息をつきながら残り四人を確かめた。

橋の一方の欄干《らんかん》に二人がいて、もう一方の欄干に残りの二人がいた。

四方を囲まれ、正面に鹿島陣五郎がいた。

小籐次の右斜めに雪荷流の弓を捨て、剣を構えた浜岡笙兵衛が、左手に戸田流免許皆伝の戸田求馬がいた。そして、小籐次の背の左側に一刀流の篠田郁助が、右に八幡流の剣術の遣い手御手洗菊次郎が詰めていた。

小籐次は四方を間合い等しく囲まれ、鹿島と対峙していた。

背を丸めた小籐次は、さらに小さな老武者に見えた。

朝の微光が小金井橋を射た。

「参る！」

鹿島陣五郎の声に余裕が感じ取れた。

背を伸ばし、次直を上段に翳した小籐次は鹿島を睨み据えた。

そのとき、朝靄をついて野良に向う百姓二人が異常に気づき、叫び声を上げた。

両の足をじりじりと開き、腰を落とした小籐次が、正面の鹿島陣五郎に向って間合いを詰め、跳んだ。

「おう！」

と鹿島が受けた。

次直を正眼の鹿島の剣が弾いた。

二の手を振るおうとした鹿島の前の小籐次の体が右横へと流れた。流れた先に浜岡笙兵衛がいた。その脇腹に小籐次の持つ次直が躍った。

来島水軍流正剣の一手、

「波頭《なみがしら》」

が弓の達人の肩口を存分に叩いていた。

四方陣の一角が壊れ、くるりと向きを変えた小籐次は橋の欄干に沿って走った。

小籐次の必死の形相を見た六尺二寸の身丈を持つ御手洗菊次郎は、正眼の剣を引き付けて、老武者が間合いの内に入るのを待った。

「ござんなれ！」

小籐次が御手洗の予測を超えた行動をとったのはその直後だ。

小籐次の矮軀が欄干にひょいと飛び乗り、

つつつつつぅ

と走った。

小籐次が欄干に飛び乗った分、長身の御手洗を見下ろす格好になった。それが御手洗の気を乱した。

その隙を突くように小籐次が虚空に、御手洗の眼前に飛び、次直を額に叩きつけた。

御手洗は引き付けた二尺八寸余の長剣で振り払おうとした。その剣を掻い潜るように次直が伸びて、御手洗菊次郎の額を、ぱあっと割った。

どさりと鈍い音を立てて御手洗が倒れたとき、小籐次は鹿島陣五郎の右横にいた。

小籐次は鹿島を牽制しつつ、小金井道へと走り、向き直った。

鹿島も向きを変えた。

その後方に戸田求馬と篠田郁助が詰めていた。

もはやだれの口からも言葉は発せられなかった。

戦いを見詰める百姓の数が四、五人に増え、その一人が府中の代官所に知らせるべく走り出していた。

小籐次は腰を屈め、次直をようようにして両手で保持した。

切っ先が上下に揺れ、肩で荒く息がつかれた。

鹿島の後ろに詰める戸田と篠田が左右に開き、橋の上にほぼ一直線に並んだ。

「許せぬ！」

この言葉が鹿島陣五郎の口から搾《しぼ》り出されて突進してきた。二人の刺客もまた走った。

小籐次もほぼ同時に走った。

たちまち生死の間仕切りがきられ、鹿島の立てられていた剣が、腰を沈め、背を丸めた矮軀の老武者の顔に叩きつけられた。

小籐次は自ら刃の下に身を飛び込ませ、両手に握った次直二尺一寸三分を鹿島の胴に振るった。

鹿島の豪剣が小籐次の鬢の肉をこそぎとって血飛沫を上げさせた。

痛みが走ったが、小籐次は構わず次直を抜き上げ、その姿勢のままに右手に流れ、虚空に跳ね上げた剣を保持して、篠田に向って突進した。

篠田は顔面を血塗れにした小籐次の形相に立ち竦んだ。

阿修羅《あしゅら》と変じた小籐次がその隙を見逃すはずもない。

喉元を抉《えぐ》るように刎ねると欄干まで走り込み、向き直った。だが、篠田が振り回した剣の先を脇腹に受けていた。

今や橋の上に立っているのは小籐次と戸田求馬だけだ。

「下郎、ようやりおったな」

戸田の声が甲高く響いた。

小籐次は背を欄干に寄りかからせて、弾む息を整えた。

戸田が間合いを一間半にゆっくりと詰めてきた。

血塗れ、汗塗れの両者は顔を見合わせ、視線を混じり合わせたまま走った。

たちまち間合いが切られ、八双から斬り下ろされる剣と、脇腹を腰骨から胸へと斬り上げる流れ胴斬りが交錯した。

小籐次は戸田の斬り下げを左肩に受けた。だが、構わず流れ胴斬りを抜き撃っていた。

二人は互いの肩と胴に剣を止めて硬直した。

時間が停止した。

ふうっ
と小籐次の口から息が洩れ、ずるずると腰砕けに座り込んだ。すると戸田も体をよろめかせて二、三歩歩き、橋の真ん中にどさりと倒れ込んだ。

「死んだぞ。皆殺し合うて死んだぞ」

見物の百姓の一人が無意識のうちに呟いた。

重苦しい沈黙の時が流れた。

小籐次が次直を杖によろよろと立ち上がった。

「いや、生きておる。あの爺様は生きておる」

小籐次はかすむ目で視界を凝らし、橋の欄干に歩み寄ると、自ら玉川上水へと身を投げた。

剣者の本能が歩くことより、水に流れて戦いの場を離れることを強要していた。

流れに落ちた小籐次はたちまち朝靄に包まれて消えた。


伊丹唐之丞は芝口新町の新兵衛長屋に佇んでいた。

部屋はきれいに片付けられていた。そのことは、赤目小籐次が十三人の刺客たちによって、小城藩の目付が調べ出した護持院ではなく、別の場所へ呼び出されたことを意味していた。

伊丹の胸にその瞬間、寂寥《せきりょう》が見舞った。

なぜか無性に、赤目小籐次のことが懐かしく思われた。

空ろの胸を抱いて新兵衛長屋の裏河岸に立った。すると小籐次が研ぎ仕事に使っていた小舟が舫われ、朝の風に緩く風車が回っていた。

陽が昇った。

新しい日が始まろうとしていた。

伊丹唐之丞は、いつまでもいつまでも堀に舫われた空《から》の小舟を見ながら立っていた。

巻末付録

新兵衛長屋～小金井橋　踏破の記

文春文庫・小籐次編集班

小金井橋十三人斬り――。『意地に候』クライマックスシーンの興奮冷めやらず、身もだえする筆者。文春文庫・小籐次編集班の一人である。

この火照った体を冷ます方法を、ひとつ思いついた。小籐次は、新兵衛長屋から、夜通し歩いて決闘の地、小金井橋に赴く。同じ道を、小籐次の胸中に思いを馳せながら歩いてみる、というのはどうだろうか？　何だか楽しそうな気がする――！

行程は約二六キロ。日頃、運動らしい運動もしない四十男だが、そのくらいなら気合いで何とかなるだろう。四十九歳の小籐次だって歩いたのだから。

というわけで……。

小籐次はしばし沈思した後、長屋の整理を始めた。生きて帰れる保証はなかった。そのためにも身辺を整理し、久慈屋昌右衛門に宛てた書状を書いて夜具の間に残した。

（本文より）

金曜の夜、筆者はしばし沈思した後、机上の整理を始めた。生きて帰り、週明けには普段通り出社するつもりだったが、いちおう編集長に宛てたメモを書いて残した。「月曜、足が痛くて遅刻するかもしれません」。

そして二月中旬の日曜日の朝。勇躍、新橋駅にほど近い、昭和通りと海岸通りが交わる蓬萊《ほうらい》橋の交差点に立った。

新兵衛長屋は、芝口新町の一角、汐留川にかかる汐留橋のたもとにあった。橋は明治期に蓬萊橋と名を変え、川もほとんどが埋め立てられた。ひっきりなしに車が行き交う交差点を、首都高速道路の都心環状線が覆っている。あまり趣のある場所とはいえないが、ここを今日のスタート地点としよう。

時刻は九時半。日の入りは午後五時半だが、それまでには小金井橋に辿り着きたい。つまり目標タイムは八時間。途中で昼食を摂るくらいの時間はあるはずだが、さして余裕は見込んでいない。小籐次は「夕餉の刻限」に新兵衛長屋を出て、「夜が白々と明けた刻限」

に小金井橋に到着しているから、もうちょっと時間をかけたと思われるが、それはまあハンデのうち。こちらは日中、舗装路をウォーキングシューズで往くのだ。

それではいざ、決闘の地に赴かん！


小籐次は足音を忍ばせて新兵衛長屋を出ると、東海道を横切り、赤坂溜池から屋敷町を突っ切り、四谷の大木戸に出た。


昭和通りを西進し、新橋駅のガードをくぐって西新橋を右折。国会議事堂を眺めて気分を盛り上げるため、ちょっとだけ遠回りだ。日比谷通りから内幸町を左折。正面に議事堂の偉容を見ながら国道一号線を横切り、財務省上を左に折れ、六本木通りに入る。

二つめの信号が溜池（二・五キロ＝蓬萊橋からの距離。以下同じ）。赤坂の溜池は、今は影も形もない。首都高の下に立つ「溜池発祥の碑」によれば、溜池は、江戸時代のはじめ、外堀兼用の上水源として造成された。埋め立てが始まったのは明治八年（一八七五）。小籐次が歩いたのは文化十四年（一八一七）だから、彼は暗い水面を右手に見ただろう。

外堀通りに入る。ここから赤坂見附まではオフィスビル街。往時は松平美濃守邸、相良越前守邸などが広大な敷地を占める、まさに屋敷町だった。夜はしんとして、野良猫の鳴き声だけが響いていたか。あるいは、それなりに人の往来があったのだろうか。

スタート地点となった蓬萊橋の交差点。背後には首都高の新橋出口がある

赤坂見附の交差点から左斜め前方に伸びる外堀通りを、緩やかにカーブしつつ上る紀ノ國坂。実は、今回の行程で上り坂らしい上り坂はここだけだ。休日のジョギングを楽しむランナーが次々に追い越していく。左の高い壁の向こうは、東宮御所を抱く赤坂御用地。坂を上り切って振り返ると真正面には白亜の迎賓館。小籐次は、御三家、紀州藩徳川家上屋敷の塀を月明かりの中にとらえたかもしれない。

四谷見附を左折して新宿通りに入り、一キロ半ほど直進すると四谷四丁目（六・〇キロ）。ここに、四谷の大木戸があった。甲州街道と江戸との出入りを取り締まる木戸、すなわち関所。夜には閉められていた木戸は、寛政四年（一七九二）に撤去されたというから、小籐次はあっさり通り抜けたはずだ。

交差点の一角には「水道碑記」の碑が立つ。水番所跡だ。承応二年（一六五三）に開通し、江戸市民の生活水を提供してきた玉川上水は、取水口の羽村

（東京都羽村市）からここまでの四三キロが開渠《かいきょ》（覆いのない水路）で、この先を、石樋、木樋を用いた地下水道管で江戸各所へ通水していた。開渠の玉川上水とは、はるか一七キロ先で出会う予定だ。

追分で青梅道中と甲州道中に分れた。（略）青梅道は人家もまばらで、ほぼ武蔵野台地を一直線に横断していた。

さらに新宿通りを進むと新宿三丁目（七・一キロ）。一角に日本一の売り上げを誇る百貨店、伊勢丹新宿本店を擁する、まさに新宿の表玄関。かつての新宿追分であり、近辺には甲州街道第一の宿場、内藤新宿が広がっていた。ビルの前にこぢんまりと立つ「新宿追分交番」にその名を遺している。今も、青梅街道（都道4号線）の行政上の起点はここ。甲州街道（国道20号線）は、交差点の一〇〇メートルほど南を走る。日曜なので歩行者天国になっている道路の真ん中を、気分よく歩く。

新宿の大ガードを抜ける。「人家もまばら」は今は昔。超高層ビルが林立する左側の西新宿六丁目は、町別昼間人口密度が東京のベストテンに入る超過密地域だ。やがて山手通りと交差する中野坂上（九・三キロ）。時刻は正午。ここで四半刻（約三十分）ばかり昼食休憩とする。ようやく全行程の三分の一を超えた。やたらと目に入る、東京地下鉄の青い

汐留橋〜小金井橋　行程図

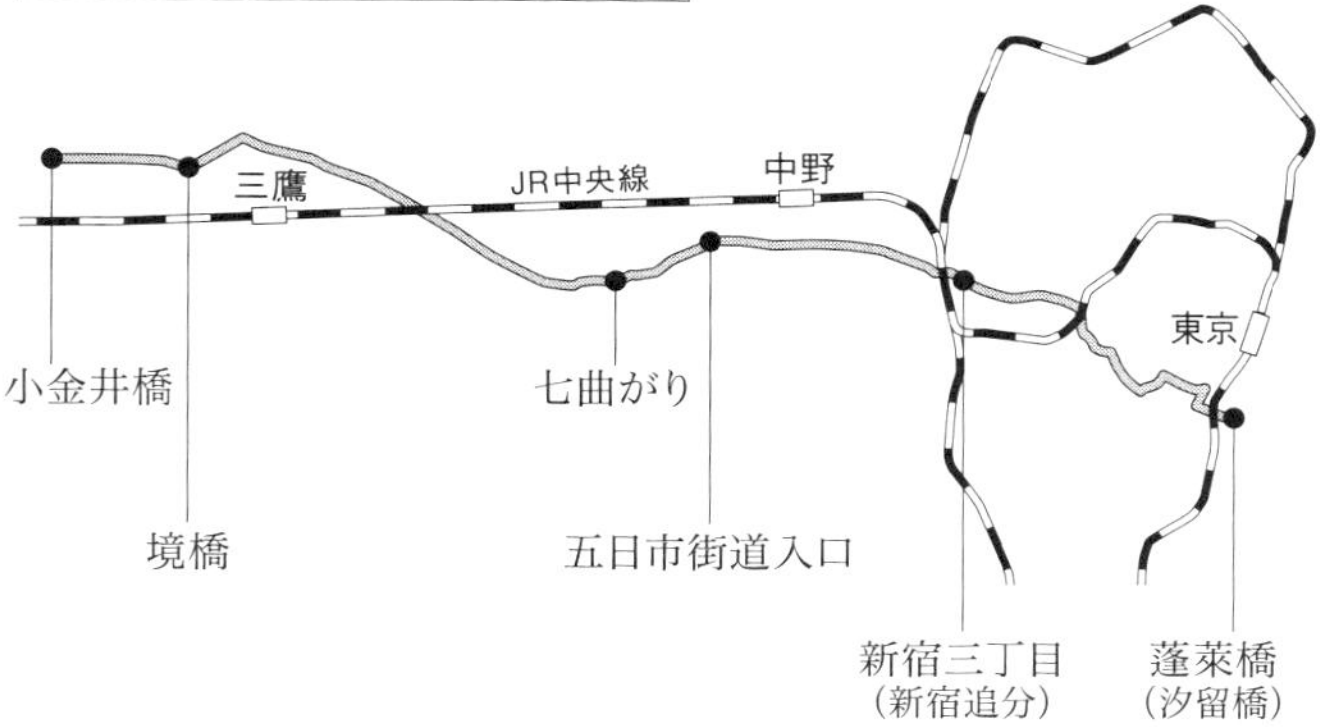

マークに誘惑を感じなくもないが（丸ノ内線が青梅街道の真下を走っている）、よこしまなことは考えず、とにかく歩くことにする。

中野を過ぎて、高円寺村と馬橋村の境辺りで、街道は青梅道と五日市道に分岐した。

善福寺川を渡ると、尾崎田圃の七曲がりに差し掛かり、吉祥寺村、関前村を過ぎると玉川上水に沿って街道はいく。

黙々と三キロ稼いで、五日市街道入口（一二・三キロ）。馬橋村は、現在の杉並区阿佐谷、高円寺あたりにまたがる。この交差点から左に分岐する五日市街道と、小金井橋まで付き合うことになる。

善福寺川にかかる尾崎橋のあたりが、かつて難所として知られた七曲がり。大正十年（一九二一）に直線状に整備されたというが、今でも、住宅地を縫うように蛇行する狭い旧道をトレースすることができる。ちょっとした起伏はあるものの、もはや難所の面影はない。

環八通りと交差する環八五日市（一五・六キロ）から先は、七キロほど基本的に一直線。これといった変化もなく、辛抱の試される道のりだ。それでも宮前の庚申塔や、万治年間（一六五八〜一六六一）創建の春日神社など、小籐次の視界に入ったであろうものと同じものを見ることができる。

家族連れやカップルで賑わう〝住みたい街ナンバーワン〟の吉祥寺を過ぎ、武蔵野大学前（二二・三キロ）で、五日市街道はカクッと左に折れる。西日が眩しい。午後四時過ぎだが、思ったより太陽が低い。ちょっと焦る。ここから道路の真ん中を千川上水が流れる。本郷、浅草方面へ水を運んだ、江戸の六上水のひとつだ。土手は未舗装の遊歩道になっており、小籐次気分を味わうためにここを歩くことにする。が、時折足裏に食い込む小石が堪える。小籐次は、草鞋でずっとこんな道を歩いてきたのか……。今さらながら江戸の旅の過酷さを思う。

境橋（二三・六キロ）で緩く右に折れ曲がる。ここが千川上水の分水口。〝本流〟は玉川上水だ。

元文二年（一七三七）、武蔵野新田開拓に功あった川崎平右衛門が幕府の命で大和国吉野山などの桜の種を取り寄せて苗を育て、数千本を土手に植えた。それが武蔵野八景に選ばれ、江戸に知られるようになっていた。

季節になると、五日市街道は玉川上水の桜を目指す江戸からの花見客で賑わったという。今も、土手には桜並木が続いている。倒木の恐れのある老木を伐採し、苗木に植え替える作業が順次進んでおり、これからも、春には武蔵野八景の名に恥じない壮観を見せてくれるだろう。

右手には小金井公園の広大な敷地。くぬぎ橋、梶野橋、関野橋……。橋は続けど、目指す小金井橋の表示がなかなか見えてこず、じらされる。実のところ、ずっと前、中野のあたりから右膝の裏に不穏なひきつりを感じていた。気にしないことにしていたが、いよいよ抜き差しならなくなってきた。「新小金井橋」の信号から小金井橋まで、妙に距離があるのがいやらしい。まだか、まだなのか……。

そして午後五時十八分、ついに小金井橋（二六・二キロ）に到達した。所要時間七時間四十八分。万歩計の数値は四万三一九八歩。

かつて小金井橋は木橋だった。安政三年（一八五六）に石橋に架け替えられ、レンガ造の時代を経て現在はコンクリート造。歌川広重が天保年間（一八三〇〜一八四四）に描いた「小金井橋夕照」に、往時の姿を偲ぶことができる。土手には桜が咲き誇り、遠くには

夕暮れせまる小金井橋。このへんの桜は、植え替えられたばかりの若木だ

富士山。橋のたもとに建つ藁葺き屋根は茶屋だろうか。

あたりを見渡すが、刺客の姿はない。代わりに指呼の間に目に入ったのは、小金井橋バス停。ありがたい……。ここでうかつに腰を下ろさないほうがいい気がする。

程なくしてやってきたバスにそそくさと乗り込み、数分後、武蔵小金井駅に着いて立とうとしたとき、一昨日、編集長宛にメモを残してきたのは大正解だったと気づいた。こ、腰が立たない。膝も曲がらない。小籐次は、これからさらに十三人を相手に立ち回ったというのか。

彼は、剣客である前に、健脚だった――。恐るべし、赤目小籐次。

（参考図書『五日市街道を歩く』筒井作蔵著・街と暮らし社）

文春文庫

意《い》地《じ》に候《そうろう》

酔《よ》いどれ小籐次《ことうじ》（二）決定版《けつていばん》

定価はカバーに表示してあります

2016年4月10日　第1刷

著　者　佐伯泰英《さえきやすひで》

発行者　飯窪成幸

発行所　株式会社文藝春秋

東京都千代田区紀尾井町3-23　〒102-8008
TEL 03・3265・1211
文藝春秋ホームページ　http://www.bunshun.co.jp

落丁、乱丁本は、お手数ですが小社製作部宛お送り下さい。送料小社負担でお取替致します。

印刷・凸版印刷　製本・加藤製本

Printed in Japan
ISBN978-4-16-790592-7

佐伯泰英
文庫時代小説
全作品チェックリスト

2016年4月現在
監修／佐伯泰英事務所

掲載順はシリーズ名の五十音順です。品切れの際はご容赦ください。

どこまで読んだか、チェック用にどうぞご活用ください。
キリトリ線で切り離すと、書店に持っていくにも便利です。

佐伯泰英事務所公式ウェブサイト「佐伯文庫」 http://www.saeki-bunko.jp/

キリトリ線

居眠り磐音 江戸双紙 いねむりいわね えどぞうし

双葉文庫

□ ① 陽炎ノ辻 かげろうのつじ
□ ② 寒雷ノ坂 かんらいのさか
□ ③ 花芒ノ海 はなすすきのうみ
□ ④ 雪華ノ里 せっかのさと
□ ⑤ 龍天ノ門 りゅうてんのもん
□ ⑥ 雨降ノ山 あふりのやま
□ ⑦ 狐火ノ杜 きつねびのもり
□ ⑧ 朔風ノ岸 さくふうのきし
□ ⑨ 遠霞ノ峠 えんかのとうげ
□ ⑩ 朝虹ノ島 あさにじのしま
□ ⑪ 無月ノ橋 むげつのはし
□ ⑫ 探梅ノ家 たんばいのいえ
□ ⑬ 残花ノ庭 ざんかのにわ
□ ⑭ 夏燕ノ道 なつつばめのみち
□ ⑮ 驟雨ノ町 しゅううのまち
□ ⑯ 螢火ノ宿 ほたるびのしゅく
□ ⑰ 紅椿ノ谷 べにつばきのたに
□ ⑱ 捨雛ノ川 すてびなのかわ
□ ⑲ 梅雨ノ蝶 ばいうのちょう
□ ⑳ 野分ノ灘 のわきのなだ
□ ㉑ 鯖雲ノ城 さばぐものしろ
□ ㉒ 荒海ノ津 あらうみのつ
□ ㉓ 万両ノ雪 まんりょうのゆき
□ ㉔ 朧夜ノ桜 ろうやのさくら
□ ㉕ 白桐ノ夢 しろぎりのゆめ
□ ㉖ 紅花ノ邨 べにばなのむら
□ ㉗ 石榴ノ蠅 ざくろのはえ
□ ㉘ 照葉ノ露 てりはのつゆ
□ ㉙ 冬桜ノ雀 ふゆざくらのすずめ
□ ㉚ 侘助ノ白 わびすけのしろ
□ ㉛ 更衣ノ鷹 きさらぎのたか **上**
□ ㉜ 更衣ノ鷹 きさらぎのたか **下**
□ ㉝ 孤愁ノ春 こしゅうのはる
□ ㉞ 尾張ノ夏 おわりのなつ
□ ㉟ 姥捨ノ郷 うばすてのさと
□ ㊱ 紀伊ノ変 きいのへん
□ ㊲ 一矢ノ秋 いっしのとき
□ ㊳ 東雲ノ空 しののめのそら
□ ㊴ 秋思ノ人 しゅうしのひと
□ ㊵ 春霞ノ乱 はるがすみのらん
□ ㊶ 散華ノ刻 さんげのとき
□ ㊷ 木槿ノ賦 むくげのふ
□ ㊸ 徒然ノ冬 つれづれのふゆ
□ ㊹ 湯島ノ罠 ゆしまのわな
□ ㊺ 空蟬ノ念 うつせみのねん
□ ㊻ 弓張ノ月 ゆみはりのつき
□ ㊼ 失意ノ方 しついのかた
□ ㊽ 白鶴ノ紅 はっかくのくれない
□ ㊾ 意次ノ妄 おきつぐのもう
□ ㊿ 竹屋ノ渡 たけやのわたし
□ 51 旅立ノ朝 たびだちのあした

【シリーズ完結】

キリトリ線

キリトリ線

□シリーズガイドブック「居眠り磐音 江戸双紙」読本（特別書き下ろし小説・シリーズ番外編「跡継ぎ」収録）

□居眠り磐音 江戸双紙 帰着準備号 **橋の上** はしのうえ（特別収録「著者メッセージ＆インタビュー」「磐音が歩いた『江戸』案内」「年表」）

□吉田版「居眠り磐音」江戸地図 磐音が歩いた江戸の町（文庫サイズ箱入り）超特大地図＝縦75㎝×横80㎝

鎌倉河岸捕物控 かまくらがしとりものひかえ　ハルキ文庫

□① **橘花の仇** きっかのあだ
□② **政次、奔る** せいじ、はしる
□③ **御金座破り** ごきんざやぶり
□④ **暴れ彦四郎** あばれひこしろう
□⑤ **古町殺し** こまちごろし
□⑥ **引札屋おもん** ひきふだやおもん
□⑦ **下駄貫の死** げたかんのし
□⑧ **銀のなえし** ぎんのなえし
□⑨ **道場破り** どうじょうやぶり
□⑩ **埋みの棘** うずみのとげ
□⑪ **代がわり** だいがわり
□⑫ **冬の蜉蝣** ふゆのかげろう
□⑬ **独り祝言** ひとりしゅうげん
□⑭ **隠居宗五郎** いんきょそうごろう
□⑮ **夢の夢** ゆめのゆめ
□⑯ **八丁堀の火事** はっちょうぼりのかじ
□⑰ **紫房の十手** むらさきぶさのじって
□⑱ **熱海湯けむり** あたみゆけむり
□⑲ **針いっぽん** はりいっぽん
□⑳ **宝引きさわぎ** ほうびきさわぎ
□㉑ **春の珍事** はるのちんじ
□㉒ **よっ、十一代目！** よっ、じゅういちだいめ
□㉓ **うぶすな参り** うぶすなまいり
□㉔ **後見の月** うしろみのつき
□㉕ **新友禅の謎** しんゆうぜんのなぞ
□㉖ **閉門謹慎** へいもんきんしん
□㉗ **店仕舞い** みせじまい
□㉘ **吉原詣で** よしわらもうで

□シリーズガイドブック「**鎌倉河岸捕物控**」**読本**（特別書き下ろし小説・シリーズ番外編「寛政元年の水遊び」収録）

□シリーズ副読本 **鎌倉河岸捕物控 街歩き読本**

シリーズ外作品　ハルキ文庫

□**異風者**《いひゅもん》

交代寄合伊那衆異聞《こうたいよりあいいなしゅういぶん》　講談社文庫

□①**変化**《へんげ》
□②**雷鳴**《らいめい》
□③**風雲**《ふううん》
□④**邪宗**《じゃしゅう》
□⑤**阿片**《あへん》
□⑥**攘夷**《じょうい》
□⑦**上海**《しゃんはい》
□⑧**黙契**《もっけい》
□⑨**御暇**《おいとま》
□⑩**難航**《なんこう》
□⑪**海戦**《かいせん》
□⑫**謁見**《えっけん》
□⑬**交易**《こうえき》
□⑭**朝廷**《ちょうてい》
□⑮**混沌**《こんとん》
□⑯**断絶**《だんぜつ》
□⑰**散斬**《ざんぎり》
□⑱**再会**《さいかい》
□⑲**茶葉**《ちゃば》
□⑳**開港**《かいこう》
□㉑**暗殺**《あんさつ》
□㉒**血脈**《けつみゃく》
□㉓**飛躍**《ひやく》
【シリーズ完結】

長崎絵師通吏辰次郎《ながさきえしとおりしんじろう》　ハルキ文庫

□①**悲愁の剣**《ひしゅうのけん》
□②**白虎の剣**《びゃっこのけん》

キリトリ線

キリトリ線

夏目影二郎始末旅　なつめえいじろうしまつたび　光文社文庫

□①**八州狩り**　はっしゅうがり
□②**代官狩り**　だいかんがり
□③**破牢狩り**　はろうがり
□④**妖怪狩り**　ようかいがり
□⑤**百鬼狩り**　ひゃっきがり
□⑥**下忍狩り**　げにんがり
□⑦**五家狩り**　ごけがり
□⑧**鉄砲狩り**　てっぽうがり
□⑨**奸臣狩り**　かんしんがり
□⑩**役者狩り**　やくしゃがり
□⑪**秋帆狩り**　しゅうはんがり
□⑫**鵺女狩り**　ぬえめがり
□⑬**忠治狩り**　ちゅうじがり
□⑭**奨金狩り**　しょうきんがり
□⑮**神君狩り**　しんくんがり

【シリーズ完結】

□シリーズガイドブック **夏目影二郎「狩り」読本**（特別書き下ろし小説・シリーズ番外編「位の桃井に鬼が棲む」収録）

秘剣　ひけん　祥伝社文庫

□①**秘剣雪割り**　悪松・棄郷編　ひけんゆきわり　わるまつ・ききょうへん
□②**秘剣瀑流返し**　悪松・対決「鎌鼬」　ひけんばくりゅうがえし　わるまつ・たいけつかまいたち
□③**秘剣乱舞**　悪松・百人斬り　ひけんらんぶ　わるまつ・ひゃくにんぎり
□④**秘剣孤座**　ひけんこざ
□⑤**秘剣流亡**　ひけんりゅうぼう

古着屋総兵衛初傳　ふるぎやそうべえしょでん　新潮文庫

□光圀　みつくに　（新潮文庫百年特別書き下ろし作品）

古着屋総兵衛影始末　ふるぎやそうべえかげしまつ　新潮文庫

□①死闘　しとう
□②異心　いしん
□③抹殺　まっさつ
□④停止　ちょうじ
□⑤熱風　ねっぷう
□⑥朱印　しゅいん
□⑦雄飛　ゆうひ
□⑧知略　ちりゃく
□⑨難破　なんぱ
□⑩交趾　こうち
□⑪帰還　きかん

【シリーズ完結】

新・古着屋総兵衛　しん・ふるぎやそうべえ　新潮文庫

□①血に非ず　ちにあらず
□②百年の呪い　ひゃくねんののろい
□③日光代参　にっこうだいさん
□④南へ舵を　みなみへかじを
□⑤○に十の字　まるにじゅのじ
□⑥転び者　ころびもん
□⑦二都騒乱　にとそうらん
□⑧安南から刺客　アンナンからしかく
□⑨たそがれ歌麿　たそがれうたまろ
□⑩異国の影　いこくのかげ
□⑪八州探訪　はっしゅうたんぼう

キリトリ線

キリトリ線

密命 みつめい／完本 密命 かんぽん みつめい

※新装改訂版の「完本」を随時刊行中　祥伝社文庫

□ ① 完本 密命 見参！ 寒月霞斬り　けんざん かんげつかすみぎり
□ ② 完本 密命 弦月三十二人斬り　げんげつさんじゅうににんぎり
□ ③ 完本 密命 残月無想斬り　ざんげつむそうぎり
□ ④ 完本 密命 刺客 斬月剣　しかく ざんげつけん
□ ⑤ 完本 密命 火頭 紅蓮剣　かとう ぐれんけん
□ ⑥ 完本 密命 兇刃 一期一殺　きょうじん いちごいっさつ
□ ⑦ 完本 密命 初陣 霜夜炎返し　ういじん そうやほむらがえし
□ ⑧ 完本 密命 悲恋 尾張柳生剣　ひれん おわりやぎゅうけん
□ ⑨ 完本 密命 極意 御庭番斬殺　ごくい おにわばんざんさつ
□ ⑩ 完本 密命 遺恨 影ノ剣　いこん かげのけん
□ ⑪ 完本 密命 残夢 熊野秘法剣　ざんむ くまのひほうけん
□ ⑫ 完本 密命 乱雲 傀儡剣合わせ鏡　らんうん くぐつけんあわせかがみ

【旧装版】

□ ⑬ 追善 死の舞　ついぜん しのまい
□ ⑭ 遠謀 血の絆　えんぼう ちのきずな
□ ⑮ 無刀 父子鷹　むとう おやこだか
□ ⑯ 烏鷺 飛鳥山黒白　うろ あすかやまこくびゃく
□ ⑰ 初心 闇参籠　しょしん やみさんろう
□ ⑱ 遺髪 加賀の変　いはつ かがのへん
□ ⑲ 意地 具足武者の怪　いじ ぐそくむしゃのかい
□ ⑳ 宣告 雪中行　せんこく せっちゅうこう
□ ㉑ 相剋 陸奥巴波　そうこく みちのくともえなみ
□ ㉒ 再生 恐山地吹雪　さいせい おそれざんじふぶき
□ ㉓ 仇敵 決戦前夜　きゅうてき けっせんぜんや
□ ㉔ 切羽 潰し合い中山道　せっぱ つぶしあいなかせんどう
□ ㉕ 覇者 上覧剣術大試合　はしゃ じょうらんけんじゅつおおじあい
□ ㉖ 晩節 終の一刀　ばんせつ ついのいっとう

【シリーズ完結】

□ シリーズガイドブック 「密命」読本（特別書き下ろし小説・シリーズ番外編「虚けの龍」収録）

小籐次青春抄 ことうじせいしゅんしょう

文春文庫

- □ 品川の騒ぎ・野鍛冶 しながわのさわぎ のかじ

酔いどれ小籐次 よいどれことうじ

文春文庫

- □ ① 御鑓拝借 おやりはいしゃく
- □ ② 意地に候 いじにそうろう

〈決定版〉随時刊行予定

- □ ③ 寄残花恋 のこりはなよするこい
- □ ④ 一首千両 ひとくびせんりょう
- □ ⑤ 孫六兼元 まごろくかねもと
- □ ⑥ 騒乱前夜 そうらんぜんや
- □ ⑦ 子育て侍 こそだてざむらい
- □ ⑧ 竜笛嫋々 りゅうてきじょうじょう
- □ ⑨ 春雷道中 しゅんらいどうちゅう
- □ ⑩ 薫風鯉幟 くんぷうこいのぼり
- □ ⑪ 偽小籐次 にせことうじ
- □ ⑫ 杜若艶姿 とじゃくあですがた
- □ ⑬ 野分一過 のわきいっか
- □ ⑭ 冬日淡々 ふゆびたんたん
- □ ⑮ 新春歌会 しんしゅんうたかい
- □ ⑯ 旧主再会 きゅうしゅさいかい
- □ ⑰ 祝言日和 しゅうげんびより
- □ ⑱ 政宗遺訓 まさむねいくん
- □ ⑲ 状箱騒動 じょうばこそうどう

新・酔いどれ小籐次 しん・よいどれことうじ

文春文庫

- □ ① 神隠し かみかくし
- □ ② 願かけ がんかけ
- □ ③ 桜吹雪 はなふぶき
- □ ④ 姉と弟 あねとおとうと

キリトリ線

キリトリ線

吉原裏同心　よしわらうらどうしん

光文社文庫

- □ ① 流離　りゅうり
- □ ② 足抜　あしぬき
- □ ③ 見番　けんばん
- □ ④ 清搔　すががき
- □ ⑤ 初花　はつはな
- □ ⑥ 遣手　やりて
- □ ⑦ 枕絵　まくらえ
- □ ⑧ 炎上　えんじょう
- □ ⑨ 仮宅　かりたく
- □ ⑩ 沽券　こけん
- □ ⑪ 異館　いかん
- □ ⑫ 再建　さいけん
- □ ⑬ 布石　ふせき
- □ ⑭ 決着　けっちゃく
- □ ⑮ 愛憎　あいぞう
- □ ⑯ 仇討　あだうち
- □ ⑰ 夜桜　よざくら
- □ ⑱ 無宿　むしゅく
- □ ⑲ 未決　みけつ
- □ ⑳ 髪結　かみゆい
- □ ㉑ 遺文　いぶん
- □ ㉒ 夢幻　むげん
- □ ㉓ 狐舞　きつねまい
- □ ㉔ 始末　しまつ

□ シリーズ副読本　**佐伯泰英「吉原裏同心」読本**